D1227489

El Arquifante

El Arquifante

Mario Alfredo Grajales L.

EDICIONES URANO
Argentina — Chile — Colombia — España
Estados Unidos — México — Perú — Uruguay — Venezuela

1ª edición: diciembre, 2015.

© 2015 *by* Mario Alfredo Grajales Leal
© 2015 *by* EDICIONES URANO, S.A.U. Aribau,142, pral.—08036, Barcelona
EDICIONES URANO MÉXICO, S.A. DE C.V.
Avenida de los Insurgentes Sur #1722, 3er piso, Col. Florida, C.P. 01030
Álvaro Obregón, México, D.F.

www.edicionesurano.com
www.edicionesuranomexico.com

ISBN: 978-607-748-025-9

Fotocomposición: Marco Bautista

Impreso por Impresos Vacha S.A. de C.V.
José María Bustillos No. 59. Col. Algarín. C.P. 06880. México, D.F.

Impreso en México — *Printed in México*

A Isa, Juan Pablo y Paula, mis planetas.
Lucía, Hugo y Lucy, mis átomos.

Índice

Agradecimientos

Larga la lista, desde quienes inspiraron esta obra hasta quienes dieron el último empujón editorial. A mi padre y madre en el extremo original por el ejemplo y toda esa historia que nutrió mi mundo con imágenes reales tanto del pueblo *Tehuíxtla*, como del devenir mismo de la vida, con sus emociones siempre de lado de los afectos que delimitaron claramente los miedos y las carencias.

A mis amigos, los *logios*, que por igual me abastecieron de valores y peripecias como *Solín* confundido con terrorista y JC convertido en guía espiritual en el desierto egipcio. Bien podrían caracterizar a los personajes de esta historia.

Maestros, guías, correctores y asesores a quienes, sin saberlo, debo mis agradecimientos, algunos ya en mejor vida, como Gabriel García Márquez y otros, personajes ficticios como *Rodión Romanovich Raskolnikov y Eupalinos*, o quizá mejor dicho, a quienes los inventaron. Finalmente, después de los ficticios, los ausentes y los ideales, agradezco a los reales y cercanos que me ayudaron con el oficio lingüístico, Vida Bravo por la primer revisión de estilo que dio la forma original del documento. A Paloma González por su dedicación y especialmente a mi tutora y compañera de taller literario Paulina Vieitez quien junto a Larisa Curiel, tuvieron fe en esta obra.

El penúltimo gracias es para Nassi Del Pilar por su apoyo con las ilustraciones. Y el último para el lector.

Prólogo

Hace mucho tiempo, una mítica creatura, o legendario maestro, cuya existencia no se conocía hasta ahora, había inspirado un tratado de arquitectura en quince tomos.

Estos habían sido registrados por los escritos de un atento discípulo pero habían quedado inconclusos.

Este es el relato de cómo en nuestros días, y en nuestro espacio, un segundo discípulo, finalmente concluirá la obra.

El Arquifante

Intro

Parecía una tranquila noche en un hotel a las orillas de un río entre grandes bambúes y frondosos hules cuando, de pronto, irrumpió una sombra emergiendo de una de las muchas ventanas que, de balcón en balcón, huía de la escena de un crimen. Torpe como quien no es tan joven, pero ágil como quien no es tan viejo, descendía desesperado lo más veloz y silencioso que podía. A su vez, en aquel balcón se encendía una luz y, a gritos, una mujer advertía del crimen.

Por algo le decían el hotel de las mil y un ventanas. Quizá no las tenía precisas en ese número, pero eran tantas que así se creería. Todas iguales, pequeñas con balcón, en un majestuoso aunque abandonado recinto. Era monumental en comparación con el miserable tamaño del pueblo, tanto en extensión como en importancia y prosperidad. La influencia árabe que motivaba el mote era palpable aunque en ningún lugar se pudiera observar un arco lobulado, ni celosías mudéjares, ni bóvedas. Sin embargo, junto a los gruesos muros, las grandes columnas exentas semejaban minaretes que remataban en gigantescas palapas caprichosas que, a su vez, como si fueran cúpulas, coronaban el complejo. Todo arrancaba del suelo en basamentos tipo zigurat, agujereados por las ventanas que convertían los muros casi en celosía, para continuarse en las anchas columnas redondas y terminar muchos metros arriba, en las palapas. Para la fecha en que se había construido, ni a cincuenta años de la revolución, los ocho generosos niveles, más las alturas producidas por las columnas y palapas, resultaban bastante inusuales. Tan inusual como su poca celebridad por ello. De no estar en un pueblo tan apocado, gozaría de prestigio entre los monumentos más relevantes del país. Era el Hotel Babilonia, a la orilla del río Amacuzac, el único que alcanzaba alguna estrella y que no era una suerte de hostería o balneario como los otros. En el pueblo, sólo podría ser comparado en tamaño e importancia con la parroquia de San Pedro Apóstol, incluyendo el monasterio que le contenía en su muralla.

Ya en tierra firme, y saliendo de entre la maleza hacia un claro, la luna llena hizo sentir al fugitivo como señalado por el haz de luz en el escenario de un teatro. En gesto de angustia se inmovilizó con la mirada al infinito como en una reflexión. Resignado al fin, dio media vuelta y caminando lentamente se dirigió de regreso hacia el lobby. Este era el gran espacio abierto al centro que se rodeaba por los *zigurats*, conformando cuatro aberturas contrapuestas en polos, y dividiendo el espacio en cuartas partes equivalentes, sin ser, exactamente, simétrico. En una de las direcciones, la que venía del acceso, tenía a los extremos sendas columnas aparejadas que sumaban la altura del basamento y la de las columnas sobre los cuerpos tipo zigurat, acentuando la majestuosidad del lugar. Aunque sin lujosos mármoles ni granitos preciosos, la pura y peculiar geometría le confería la dignidad de aquellos célebres palacios moriscos.

Caminó junto al espejo de agua que penetraba desde el exterior por una de las aberturas laterales, sintiendo el sudor frío que la adrenalina había dejado en su lugar. Notó la agitación producida por su crimen pero en poco cambiaba lo fantasmal que le parecía el hotel. No se registraba gran alboroto con la escasa agitación de unos cuantos sirvientes y otros tantos huéspedes que estaban de mirones. Sin embargo, nadie le había notado. Avanzó hasta encontrarse al pie de la escalera, por donde seguramente pasarían el encargado del hotel, la policía y la testigo de su crimen.

Efectivamente, el encargado del hotel, un hombre grande, moreno y seco, al que apodaban Macondo, vestido siempre en corrientes pantalones y guayaberas amarillentas que se suponían blancas, bajaba a paso veloz, inmutable rumbo a su eterno *Front*

Desk. Al verlo, no faltó el gesto incriminatorio, pero sus palabras no fueron las esperadas:

—No hay nada de qué preocuparse arquitecto, ya tomamos cartas en el asunto y recuperamos sus pertenencias. —Atónito y aún agitado, sólo preguntó:

—¿Qué? ¿Qué es lo que usted dice?

—Sí arquitecto, no se preocupe. Intentaron robarle en su habitación. Aquí tiene sus cosas, no volverá a pasar y disculpe la contrariedad. En este pueblo no faltan los ladrones, pero nunca se habían metido con nuestros huéspedes. Lo agarraremos y verá ese bandido, sea quien sea, lo que es meterse con Macondo.

Tras las palabras del conserje, en su tono grave habitual, y el inmenso pasmo que se le venía encima, le preguntó Eugenio a la vez que tomaba el bulto que el conserje le alcanzaba:

—...¿Y la licenciada Leila Cortés?

Macondo abrió su libro de registro, y mientras buscaba con qué escribir dentro de las sucias gavetas de un mueble de mejores tiempos, le contestó sin mirarle con otras preguntas que sólo parecían ofuscarle un poco más.

—¿Quién?... ¿Leila?... ¿Cortés?...

—Sí. La licenciada Cortés y —titubeó un poco antes de mencionar el nombre de su víctima— el ingeniero Oribe.

—No he visto a nadie por aquí... —Pausó, levantó y le fijó intimidantemente la mirada para inquirirle— ¿sospecha usted de alguien en especial? Dígame para incluirlo en el informe. El jefe de la comandancia debe estar por llegar. También, si es tan amable, haga el favor de revisar bien si le hace falta algo, pero ese parece ser el botín que no pudo llevarse. –Explicó al tiempo de señalar el bulto en sus manos.

Haciéndole caso, Eugenio revisó el bulto que reconoció estar hecho con su camisa blanca, la única que tenía y que había llevado a ese lugar. Lo desenvolvió para encontrar su celular, su juego de pluma y portaminas de madera, su cartera, en la cual estaban todas sus tarjetas y todo su efectivo tal como los había dejado en la mesa donde trabajó justo antes del altercado. También estaban los borradores en papel vegetal con su trabajo, enrollados junto a una nota. Misma que empezó a desenrollar poco a poco, pues su mente se ocupaba en recordar e intentar comprender lo que pudiera estar sucediendo...

Como lo había temido, una insolencia rebosante, había desatado su puño en un golpe de ira que le asestó al hombrecillo en el rostro odiado, y lo que siguió fue un encadenamiento de hechos desafortunados, al caer, éste movió los brazos en un intento de encontrar asidero, pero lo que encontró fue una ballesta que se activó, disparándose la flecha que había cargado para la práctica de tiro, y ésta atravesó su vientre hasta salir proyectada por la ventana, seguida por un hilo de sangre. Del pasillo opuesto entró una mujer, Leila, que al ver la escena y conociendo los rencores, ahogó el grito de espanto. Sin pensar, en acto reflejo, él salió como la misma flecha, disparado por el balcón. Confió tontamente en que la penumbra de la habitación le hubiese disimulado la identidad.

Si hacía falta una fatídica leyenda, en aquella noche se fraguó una. Trágica para unos, pero no por eso menos afortunada para el destino del pueblo aquel, que gracias a eso, sigue siendo un pueblo pobre y apartado de la vorágine usual de la civilización.

«*Lo Intangible con lo tangible...*»[1] apuntaba el pliego como primero de otros aforismos. Para cuando leía esto, el jefe de la policía se apersonaba frente a ellos. Camisa blanca de manga corta, sin saco del uniforme caqui, placa dorada y tez oscura, como el chocolate amargo. Conocidos, más no amistosos, se saludaron el conserje y el jefe. Intercambiaron preguntas y el informe que el conserje había registrado por duplicado.

Fue entonces cuando el jefe, omitiendo el saludo, se dirigió al huésped preguntando si levantaría el acta correspondiente para proceder con la diligencia. A lo que el conserje sugirió que no sería necesario, pues él ya perseguiría el asunto de oficio. Entonces, el confundido huésped tuvo a bien confesar:

—... pero se le disparó la ballesta y le atravesó una flecha, derramando su sangre por todo el piso.

Transcurrieron varios segundos antes de que al unísono, jefe y el conserje soltaran sendas, breves y sonoras, carcajadas...

—¡Ja, ja, ja! ¡Usted también! Ya le habrán contado... —dijo el jefe, y agregó— no crea todo lo que cuentan por aquí señor... ya nos tienen hasta la madre con esas vainas. Fantasías de la gente.

En eso, una elegante mujer se presentó en recepción. Ante sus ojos estaba Leila, su testigo incriminatorio, pero ella lo ignoró como si no le hubiera visto. Por más que la miró, su mirada nunca le posó, y quizás así lo prefirió. La mujer checó su salida, y como si existencia no tuviera, invisible fuera, o nada hubiera pasado, sin prisa ni perturbación, se marchó.

NOTAS

[1]TANGIBLE E INTANGIBLE. Postulado primero de las Tesis del Arquifante. (Ver teoría de la arquitectura del Arquifante.)

1

La historia

La llegada

Por el tiempo transcurrido el destino debía estar muy cerca. En
el autobús de segunda, único que paraba en aquel pueblucho, se
había llegado a una carretera angosta en la que apenas cabía el
flujo en un sentido, teniendo que rodar mordiendo afuera del as-
falto cada vez que pasaba un vehículo de frente. Saliendo de varias
curvas, se había llegado a una recta en ascensión donde al final de
la niebla, parecía terminarse abruptamente en precipicio, y que
si con velocidad se continuase, se proyectarían hacia las nubes.
En realidad, al final de la recta y en la cúspide, había una cerrada curva hacia la derecha desde donde se comenzaba a bajar de
nuevo y de donde se podía mirar ya el pueblo aquel. Enarbolado
y reverdecido cual oasis, se transformaba el paisaje seco de mez-
quital gracias al elíxir del río que alimentaba de agua la región. De
entre los follajes verdes multitonales se alcanzaban a ver, muy al
fondo, las palapas del Hotel Babilonia y más cerca, las torres de
los campanarios de la parroquia junto a un eminente, esbelto y
sumamente alto, y espigado alfiler de sección cuadrada. Fuera de
eso, eran pocas las construcciones que podían asomarse de entre
la marea verde. No era una mala vista para aliviar un poco la pe-
sadumbre del viaje y el calor que se empezaba a sentir en demasía.
Pero así como él mantenía su atención hacia el pueblo a lo lejos,
la mirada de una pequeña niña se mantenía sobre de él. Por un
instante, eso lo distrajo del camino. Ella le miraba el dije que pen-
día de su cuello. De seguro, intentaba descifrar si efectivamente
era una cruz o era algún otro símbolo. La verdadera historia era
que habiendo sido de niño tan apegado a llevar su cruz cristiana

al cuello, cuando llegó a la adolescencia, así como a otras ideas, se confeccionó en plata una cruz *deconstruida*, decía él. Así como lo estaba su fe y su suerte en esos instantes.

No muy lejos, apenas unas cuantas cuadras adentrándose por la carretera convertida en avenida principal del pueblo, hizo su parada el autobús frente a lo que parecía ser la plaza cívica. Junto con algunos campesinos, sus sombreros y sus guajolotes, se bajó cargando sus dos equipajes, una mochila de tirantes a la espalda, y un pequeño veliz de tapas duras metálicas con jaladera y ruedas, donde llevaba su equipo de trabajo.

Mala hora en la que le habían asignado la visita a semejante pueblo, perdido tanto en el tiempo como en el espacio. Era sorprendente cómo, a pesar de la relativa cercanía con la capital del estado, y del país, se mantenía tan desolado y abandonado de la prosperidad. Caminó hacia la plaza, y tras dejar pasar un burro y dos vacas, se acercó a un par de campesinos que se resguardaban del sol bajo una sombra de tehuixtle, un matorral abundante de espinas duras como la roca, de donde el pueblo obtenía su nombre en náhuatl…

—Disculpen ¿el Hotel Babilonia?

Primeras impresiones

El interior de la casa de Fedra era amplio y fresco. Como casi todas, era una casa de simple configuración a base de dos rectángulos dispuestos paralelos a la calle y a sí mismos, sólo distanciados por un solar que jugara de patio interior en donde estaba el pozo. Sendos bloques flanqueados por un pórtico que mira hacia el interior, dejando limpia y ciega la fachada hacia la calle, con apenas un breve acceso y algunas diminutas ventanas, cavadas en el hondo muro.

Adyacente al patio, había un establo abierto: un espacio cercado con trancas de madera y alambre recocido. En su interior de lodo y estiércol, por un lado, estaban los puercos y, por el otro, los becerros. Un par de niños descalzos jugaban entre estos. Uno era niño y la otra niña: Juan y Juana, los gemelos Juanes de apenas ocho años. Fedra era su tía y tutora desde que murió el padre bajo una estampida de reses, dicen. Jugaban a torear becerros mientras a su paso les miró un forastero que rodaba con dificultad su equipaje por la calle empedrada.

Había recorrido dos cuadras de la calle principal, que en realidad era tan angosta como todas las demás. Sólo le distinguía el estar pavimentada y no empedrada como las otras. Y aunque ahí yacía la plaza cívica, el solar donde concurría el gentío era el atrio de la parroquia, mismo que era más grande y que se fusionaba a la calle del mercado. Le habían indicado esquivar el gentío de allí, bajando dos cuadras adelante hacia el río. Así, pasó por enfrente de lo que parecía ser el único y viejo cine, y muchos tendejones. Llegado a la esquina indicada, justo donde debía doblar a la derecha, había una cantina con billar. Al pasar y echar una mirada, sintió el olor a pulque, y escuchó amortiguadas en el adobe de los muros descascarados, muchas voces ya roncas para ser apenas las once del día.

Con apenas una estrecha banqueta por donde rodar la maleta, pasó por varias casas con puertas abiertas para ventilar el calor. Los Montesinos y los Espín eran dos de las familias que también vivían en esa calle. Misma que, paulatinamente, dejaba de ser recta para convertirse en un angosto y serpenteante camino que bajaba hasta el río. Era todavía parte del primer cuadro, donde estaban las casas de las familias de tradición, y justo donde terminaba de ser recta, estaba la casa de Fedra, precediendo a una rara bifurca-

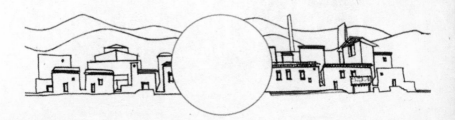

ción. Por la izquierda se continuaba bajando junto al «alegórico» panteón. Y por la derecha, se subía por una empinada pendiente hasta un portón en lo alto, tras el cual, nada más podían verse las frondas de inmensos laureles y unos anchos muros semejantes a los de una fortaleza. Por supuesto que llamó su atención. Ahí arriba debía tenerse una posición privilegiada para la vista del paisaje, del río y del pueblo entero.

La casa de los Montesinos era azul cielo y pálida, llena de retratos y adornos ramplones que competían con los de la casa de los Espín, pero estos sobre el color verde agua de sus paredes interiores. Muebles finos que en aquellos recintos parecían baratos y de mal gusto. Una frente a otra, se evidenciaba la competencia social. En cambio, en casa de Fedra, el blanco era paz y frescura. Los muebles, simples, de madera y bejuco de artesanía local, sin pretensiones y sin adornos que colgaran de las paredes. Claro, no había zoclos ni pisos de cerámica. El piso era de cemento pulido y brillaba como un estanque gris. Únicamente las grietas le daban

1. Carretera municipal	7. Panadería	14. Puente rústico
2. Plaza cívica y Comandancia	8. Billar	15. Malecón en el río
3. Cine	9. Casa Montesinos	16. Ladera
4. Mercado	10. Casa Fedra	17. Río Amacuzac
5. Casa Morquecho	11. Monasterio	18. Puente del Arquifante
6. Rodeo del Jenofonte	12. Café Copacabana	19. Hotel Babilonia
	13. Colina	20. Campo de tiro

escala. Su sencillez le sugirió el minimalismo arquitectónico. El corral junto a casa de Fedra dejaba abierta la vista hacia el costado interior de la casa. El paso por enfrente le tomaría varios segundos, suficientes como para observar el juego de los niños, y también, en la cara lateral, la ventana de lo que, a decir por la silueta que se traslucía en una manta, debía ser una ducha. La curiosidad le hizo disminuir el paso a pesar del calor, el sudor y la incidencia solar sobre sí. Antes de pasar de largo y abandonar esa atractiva y tentadora visión, se detuvo verificando de reojo si alguien le podía ver, para permitirse dirigir su mirada hacia la joven que se bañaba sin sospechar que le veían. Era delgada pero voluptuosa, morena y tersa, de melena ondulada aún húmeda, y aunque joven, por el estilo de su movimiento, le brillaba un aura de experiencia y solemnidad. Se quedó ahí hasta que pudo ver su rostro, mismo que la distancia no le permitió detallar, pero que su imaginación recreó cual canto de sirena. Sorprendido de sí a sus treinta y tantos, y dándose pena por sí mismo, reanudó el camino. Recordó que no debía perder tiempo, pues se suponía que desde el día anterior le esperaban algunos importantes directivos de agencias bancarias e inmobiliarias. Entre ellos, su jefe y la mujer de sus tormentos.

Un antecedente familiar

Hacía más de treinta años, en un hospital de la gran ciudad, un rencor se heredaba de una a otra generación. El capricho de Luisa, desposando a Aldo en contra de la voluntad de la familia de éste, había desatado una ridícula rencilla familiar. Aunque pareciera increíble en la época, la condición social de ella no satisfacía los aires de la familia de ascendencia extranjera y aristocrática de Aldo. Luisa era en aquel entonces joven, y siempre de carácter férreo y dominante, justo lo que Aldo necesitaba que, sin ser precisamente débil de carácter, se manejaba bien bajo el yugo femenino, primero de su madre y hermana mayor, y luego de Luisa, a quien a pesar de los pesares, amaba por sobre todas las cosas. No obstante, la familia tenía planeado para él una pareja distinta y del mismo origen foráneo que ellos: Olivia.

La familia de Aldo Pali, padre de Eugenio, era socialmente pretensiosa, y había dado un primer paso impecable: la hija de nombre Eloísa y hermana mayor de Aldo, habíase desposado con el eminente hijo de un próspero terrateniente del estado donde vivían, al sur del país. El licenciado Patricio De las Casas, quien se hizo un eminente político y pronto se incorporó al mando de los intereses familiares, participando en las decisiones que mejor convendrían a todos, incluyendo a Aldo. Para el orgullo de un político terrateniente, el audaz atrevimiento de una plebeya en la familia fue motivo de desavenencias que terminaron por ser apenas toleradas entre sí, pero nada de esto tendría importancia si no fuera por lo acontecido en el hospital…

Por un azar realmente determinista, un día en el hospital dos mujeres parieron sendos críos, un varón nombrado Eugenio y una hermosa pequeña nombrada Leila. La madre de esta última era Olivia quien, por despecho, habíase desposado con el primer caballero que se le cruzó, de apellido Cortés. Por razones de la rencilla, los tíos sanguíneos de Eugenio, Eloísa y el licenciado De las Casas, se ofrecieron como padrinos, no de su sobrino, sino de la beba, siendo el primero de los desprecios sistemáticos que se ejercieron sobre Eugenio, sin deberla ni temerla. Y aunque hasta aquí la situación pareciera más un chisme entre familias, hasta ese momento para Eugenio la vida de su coetánea Leila yacía bajo el velo de una rivalidad congelada en el tiempo hasta que un día, reciente, se topó con ella en menesteres laborales, mismos que lo habían llevado hasta ese lugar.

Regresando al camino, tomó por la izquierda de la bifurcación, siguiendo el lindero del panteón, pero sin dejar de mirar hacia lo alto, donde el gran portón coronaba. Al rodearlo pudo ver entre las frondas de los árboles la fortaleza en la cumbre.

El padre y el monasterio

Para ser un eclesiástico, el padre Jerónimo era poco ortodoxo, tanto de hábitos como de apariencia. Sin aficiones deportivas, era atlético como gimnasta, alto y fuerte como roble, lo que le confería un aspecto jovial. Pero la calva definida, el hábito marrón y su serena personalidad le conferían apariencia de ser mayor. Tal vez era un fuerte y correoso hombre mayor de tez ocre verdoso y lisa como metal. La paradoja producida por su imagen era, en sí, la fuerza de su personalidad. Pasaba algunas horas diarias, madrugando en el campo con campesinos, manipulando pesados y viejos yunques de arado. Haciendo el trabajo físico a la par e, incluso, con mayor protagonismo. Todo había comenzado, y sus feligreses así lo seguían creyendo, con el pastoreo del ganado, pero acabó dedicándose, cual penitencia, al intenso trabajo del arado a la antigua.

Había llegado hacía treinta años, y el viejo padre Sebastián pensó que era su sustituto. Si no era así, no importó, pues Sebastián de ochenta años enseguida enfermó muriendo poco después. Jero no tuvo más opción que tomar su lugar. Gozaba de gran aceptación y afecto en el pueblo, casi como cualquier hombre de Dios en pueblo chico, a pesar del eterno chisme con la mujer que le perseguía. Era tan fuerte el chisme, que se perdía entre el mito y la verdad. Se decía que no rechazaba a una loca mujer que, abiertamente, le acosaba. Pero que aunque a raya, por obra de su enorme y bondadoso corazón misericordioso, nunca le hirió ni mancilló, al grado de provocar la sospecha de corresponderla en su pecaminosa pasión terrenal.

Del campo llega siempre el padre Jerónimo, directo al refectorio luego de recorrer el pórtico externo, y donde, de una gran vasija, toma un par de jugosos frutos de la estación. Ya por el pórtico interior del claustro monacal, sin cortar camino a través del cuadrado perfecto del patio abierto, sube por las escaleras de la esquina opuesta. El monasterio consta de dos claustros casi idénticos, de sendos amplios patios en forma de cuadrados perfectos. Están contrapuestos a los lados del cuerpo principal, la parroquia dedicada a San Pedro Apóstol, que al igual que los claustros, es un juego de cuadrados, con la gran diferencia de estar circunscrito en un muro circular. El generoso atrio al frente, es compartido por los tres cuerpos: el templo y los dos claustros. Es el único espacio del monasterio que no estaba delimitado por la gran muralla perimetral del conjunto entero. Esta muralla, es como la propia de la parroquia, una circunferencia perfecta en la que se contienen todos los edificios monásticos: el claustro monacal, el claustro hospital, la parroquia, la capilla, la biblioteca y el camposanto, o panteón. Notablemente, como aguja, un enorme hito parecía emerger de entre las estructuras, entre el templo y un muro de contención escalonado que en planta tenía forma de cruz latina. Era solamente eso, un gigantesco hito, ni torre ni minarete. En días nublados parecería ser un cubo de elevador para subir a las nubes.

Después de una ducha, y las supuestas oraciones respectivas al mandato monástico en su diminuta celda, que poco se podía distinguir de las celdas para convictos en la comisaría pues sólo le faltaban los barrotes, se apersonaba en la parroquia para las celebraciones del día, interrumpido únicamente por la hora de comer. Dadas las seis, mandaba cerrar las puertas y a partir de entonces se le encontraba por horas metido en la biblioteca en su extraña afición por los libros de ciencia. No faltaba a quien esto le parecía casi una pecaminosa devoción por el naturalismo y demás contraposiciones eclesiásticas. A nadie molestaba en realidad.

—Padre —interrumpió Matilde, su encargada, ayudante y compañía de confianza—una gran comitiva ha llegado al hotel de Macondo.

Con un ademán de ojos y cabeza, le agradeció el informe y sólo hasta que Matilde se marchó, verificando que la puerta estuviera bien cerrada, se levantó lentamente. Tomó un objeto de la mesa, deseando que Matilde no lo hubiera notado y se dirigió al fondo donde había un pequeño paso hacia una angosta escalera de caracol que subía a una especie de ático cerrado mediante una robusta puerta de madera envejecida. Con su llave desaseguró la cerradura y abrió un poco, únicamente para poder deslizarse al interior. Observando el tiradero de objetos extraños, tomó una empolvada ballesta. Le sopló para verificar sus condiciones, y procedió a colocar la flecha que tomó de la mesa.

Antes de salir y asegurar la puerta de vuelta, una mirada de reojo hacia un pequeño cofre que estaba sobre un estante junto a la puerta le hizo detenerse y mirarle fijamente, hasta que dejando todo, le tomó con ambas manos, con cariño. Tras pensarlo un momento se decidió a abrirlo para contemplar, conmovido, un dedo anular femenino momificado que aún tenía su modesta pero significativa piedra de brillante engarzado a su argéntea sortija.

Himenóptero Formicidae

Un *Himenóptero Formicidae*, como habría aprendido el padre en su libro de mirmecología, rama entomológica que estudia a las hormigas, caminaba con un trozo de hoja amarilla de seis veces su tamaño. Vista de cerca es como las que hay en todo el mundo gracias a su éxito como especie que constituye alrededor del veinte por ciento de todo el volumen vivo sobre la Tierra. Tres segmentos, cabeza, tórax y abdomen, protegidos por un exoesqueleto, seis patas, un par de antenas con codo, grandes ojos compuestos de cientos de minúsculos lentes, y fuertes mandíbulas en forma de tenazas. Pero verla así es un sinsentido, pues la hormiga es como una célula de un súper—organismo, dado que parecen actuar como una entidad, trabajando colectivamente en una maquinaria mayor. Imposible que esté sola, se va topando con muchas otras en un camino marcado cual destino: es una obrera como muchísimas más. Sube por el montículo del hormiguero, entra y baja por uno de los muchos túneles laberínticos hasta depositar su carga, y sin reparo ni descanso, regresa por donde vino y continúa su incansable, e inexorable misión. Algo le hizo a Eugenio identificarse con ella.

Desapercibida como especie, sus efectos construidos son los que irrumpen en nuestra realidad. Como universo dentro de universo, se hace notar por sus artificios de pueblo de hormigas dentro de pueblo de hombres. Fue hasta que tenía los pies infestados que se dio cuenta de que esas raras estructuras eran hormigueros, y que ya se había acercado demasiado.

Aunque círculo perfecto, la ancha muralla monástica no era muy alta, dejando ver mucho del interior. Además, por deterioro había fragmentos faltantes de muralla que permitían el paso hacia el interior donde correspondía al panteón. Allí, a su paso, Eugenio pudo notar las extrañas estructuras, montículos de diversas formas y tamaño que le habían llamado la atención. Tras sacudirse los zapatos y pantalones, no dejó de maravillarse ante aquel hallazgo e inesperado encuentro con los espectáculos de la naturaleza. Aún más relevante fue darse cuenta de que había allí la presencia de cierta intervención humana, pues en una de las estructuras yacía un gran cristal grueso y limpio, enterrado entre el montículo y la tierra, dejando ver, como en pecera, muchos de los túneles y cámaras interiores del hormiguero. Aquello era santuario y laboratorio. Sin más tiempo que perder y cargando el veliz, pues más banqueta ya no había por donde rodarla, reanudó una vez más su caminata hacia el Hotel Babilonia.

Luego de echar un último vistazo a los montículos y hacia arriba, a la colina donde asomaba intimidante la fortaleza en la cumbre, siguió bajando la calle que ya parecía más vereda entre las ya no casas, sino chozas de madera y palma. Las gallinas, los burros y la pobreza hicieron evidenciar que las sórdidas casas cerca de la calle principal eran, en realidad, las casas de la clase pudiente del pueblo. ¿Es posible mayor pobreza? De piedra en piedra por el empedrado, el calor disminuía pues las frondas de los árboles a los costados se tocaban en lo alto, cerrando el sendero en una especie de túnel. Llegó a un primer puente de madera colgante no muy largo. Cruzó haciendo crujir la vieja madera sobre el sonoro ruido de un arroyo. Ahí paró el descenso incorporándose a un plano, no muy ancho y largo malecón junto al cauce del gran río, flanqueado por altos y robustos bambúes y otros gigantes verdes, hasta que llegó a un segundo puente, mucho más interesante, peculiar y largo sobre las aguas del amplio y caudaloso Amacuzac.

A unos pasos después del cruce, pasando por un embudo de vegetación, se le abrió, sorpresivamente, la perspectiva de lo que buscaba... un, inesperadamente majestuoso, hotel perdido en la selva.

Oribe y compañía

Oribe estaba, como acostumbraba, en uno de sus largos y tedio-
sos monólogos aleccionadores como tratando de reforzar o, más
bien justificar, su jerarquía en compensación a su corta estatura y
personalidad. Barriendo la *erre* por algún defecto bucal de nacimiento y con la piel cacariza por el acné de una agresiva pubertad,
parecía esconder los complejos gracias a una singular prepoten-
cia. Parecía estar pronunciando una clase de historia, negocios y
construcción, todólogo a la vez, señalando y gesticulando con sus
manos, cuando se percató, al fin, de la llegada de su empleado.
Estaban en la generosa terraza del comedor del hotel, con inigua-
lable vista al río y selva en compañía de un robusto y desbordado
individuo sin cuello y con guayabera institucional que, sin duda,
era el servidor público: regidor correspondiente al pueblo, como
podía deducirse por su aspecto de político y séquito de subordinados a su alrededor. También estaba, con cámara en mano, el
inquieto joven Antonio Morquecho, el periodista del pueblo. Y
claro, la eterna acompañante, mano derecha y quien sabe que más
del director, Leila Cortés: la licenciada.

Esperado de antemano, no le extrañó a Eugenio el sarcástico
recibimiento que su jefe le brindó, presentándolo como —el apenas arquitecto— ridiculizándolo ante la comitiva y reiterándolo
en cada ocasión que pudo durante la larga jornada. Ni siquiera
pudo checar y dejar sus cosas en el cuarto de hotel. Soportaba
sólo por el necesitado trabajo, que, por cierto, le llevaba a revivir
en su memoria a la hormiga vista en el camino. No entendía por
qué su jefe tenía que ser tan insolente. Procuraba que esto no le
importara ni afectara, pero la realidad era muy diferente e insos-
layable. Se surcaba en su interior una honda llaga lastimosa cada
vez que lo trataba. No se desbordaba más su resentimiento gracias
a que competía contra otros de los presentes por quienes también lo sentía. Su grado de malestar anímico había llegado, como

nunca, a límites insospechados. El viaje, el lugar, el insolente de Oribe... y, por supuesto, también la presencia de Leila que le era difícil de manejar. No sabía si mirarle o no, si hablarle y fingir su contradictorio rencor-amor, o tratar de ignorarla. Por su parte, ella disfrutaba el momento. Entre saberse superior por su cercanía con el director, su posición mucho mejor remunerada dentro de la empresa, y el verlo claramente mortificado por su presencia, le alimentaban el de por sí descomunal ego de nacimiento. Nunca pareció de buenos sentimientos y ella lo sabía, aunque siempre decía lo contrario. De hecho, parecía gozar cada vez que Oribe incidía con sus insolencias sobre Eugenio.

Era mucho más complicado. Su trato era siempre un juego confuso y bipolar: primero coqueta, luego distante. Ante sus ojos, Leila era tan bella que le confundía los valores. Como con Eva en el paraíso, a veces creía que en alguien tan hermoso no podría albergarse maldad alguna. Y otras veces, como desde el más recóndito origen de la misoginia, pensaba que era el disfraz perfecto del diablo. La atracción física que generaba en los hombres era evidente y una infalible constante. A decir por el tipo de vestido y accesorios, escalar en un mundo de hombres le había sido un propósito, y un propósito bien logrado. El acomplejado era Eugenio. La sentía demasiada mujer para él. Se consolaba y torturaba a la vez, reconociéndose tan poca cosa para ella que en realidad no creía que notara su existencia. Hay ciertas cosas en las apariencias físicas que ejercen gran fuerza sobre nosotros y nuestras vidas, pero que sólo en las personas puede ser tan engañoso. A veces quisiera que fuéramos tan dignos y francos como las rocas de una ruina que siempre son lo que son, y sirven para lo que se les decretó. Aunque incomprensible, la realidad le imprimía una extraña fascinación, precisamente por sus misterios y contradicciones.

El recorrido

Fue una jornada laboral intensa. Se hizo un recorrido a pie en su mayor parte, aunque unos viejos jeeps oficiales apoyaron algunos trayectos, especialmente cuando el gordo funcionario exhausto lo pedía. Caminaron como doce kilómetros en los alrededores del pueblo y el río, por donde se planeaba ejecutar un proyecto inmobiliario de magnas dimensiones. El regidor, cuyo nombre era José Saturnino, tenía un interés como nunca lo había mostrado en otros asuntos concernientes al pueblo. Ya Eugenio estaba advertido de la facilidad con la que el funcionario había sido convencido para ceder gran parte del territorio a un precio irrisorio, mediante una velada tajada. ¿Es qué son todos iguales? Se preguntaba en sus adentros mientras caminaban por los arrabales que no tardarían en desaparecer bajo campos de golf, clubes deportivos, claustros residenciales y hoteles campestres.

—Esto será desarrollo económico y no sucios gallineros —decía Saturnino, a lo que el ingeniero Oribe asentía casi casi con aplausos.

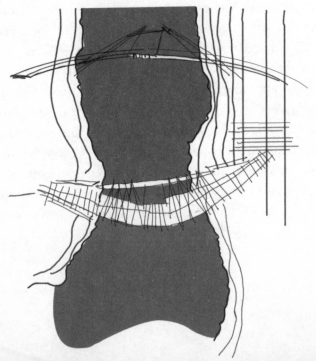

Caminando lo más pegado posible, atrás de su jefe, para no perder detalle alguno, Eugenio se preguntaba quién invertiría en ese perdido lugar, cuando pasando junto a un sembradío, pudo ver que de entre las gruesas cañas de azúcar, un hombre de hábito cortaba camino para alcanzarles. También le divisó Saturnino, maldiciendo un poco.

—Ay, ahí viene este méndigo hombre de Dios —y era literal.

—¿Quién es? —Preguntó Oribe.

—Ayayay, es Jero, el padrecito de la iglesia. Ya me temía que se nos presentara. No creo que esté muy de acuerdo con los planes, pero no importa.

—¡Jero, padre querido! —Exclamó como buen político, y le saludó efusivamente con un corto abrazo. Procedió a presentarlo ante la comitiva, y le invitó a unirse al recorrido.

La fuerte personalidad del padre impactó desde el primer momento a Eugenio, como también al resto de la comitiva. Esto lo distrajo de los constantes menosprecios de los que era blanco. Le miró con atención y admiró la serenidad con la que se dispuso al recorrido. Le pareció un hombre de condiciones físicas perfectas desde los cánones griegos, aunque con un extraño tono bronce verdoso de piel, y comprobó su apreciación cuando leyó en Leila la misma impresión en su manera de mirarle y de saludarle.

El padre, por su cuenta, también hizo una lectura de la comitiva y curiosamente se apostó junto a Eugenio para el resto del recorrido. El voto de humildad le impediría colocarse junto a los líderes de la congregación, y su oficio eclesiástico no le identificaría con el séquito de paleros que venían con el regidor, pensó Eugenio. Leila no evitó la tentación de retrasarse, y colocarse al otro lado del padre. Era sabida su rara devoción católica pues parecía acomodársela como mejor le conviniese, y confiando en sus encantos intentó conversar con el padre, mientras Oribe y Saturnino se engolosinaban con su negocio.

—¿A qué debemos el honor de su compañía, padre? —Le preguntó Leila.

—En realidad… sólo quiero saber si hay planes. —Contestó en forma de irónico reproche por estar poco informado. Y seguramente era así pues para los planes de súbito enriquecimiento con las tierras del pueblo, para Saturnino era mejor mantenerlo lo más velado posible hasta que se confirmara su inevitabilidad. Tonto no era.

—¿Por qué no has ido a confesarte, Antonio? —Exclamó el padre volteándose hacia donde el joven periodista Antonio Morquecho se encontraba.

Éste puso cara de reconvenido pero no contestó. Es probable que esté aleccionado por el regidor y para lo que éste le encomiende y le permita, pensó Eugenio. La confesión era la única forma en la que el padre Jero solía enterarse de los planes oficiales.

—Qué bonitos paisajes tienen aquí, padre —prosiguió Leila, sabiendo que cambiar de tema era lo más conveniente.

Por fin, llegaron al ocaso del día y al malecón. El curioso puente se extendía a sus pies y, del otro lado, las luces ámbar del hotel fulguraban como antorchas en la selva tras el follaje. Sin poder evitarlo, Eugenio se detuvo a contemplar el mágico efecto plástico que la iluminación hacía en el lugar entre naturaleza y artificios. Ese puente tenía las características esenciales de un viejo puente colgante, pero realizado con una plástica y técnica mucho más actuales. Tenía, a los extremos, los arranques fuertes y sólidos de la piedra en grandes sillares apilados con geometría matemática. De éstos, se proyectaban los andadores del puente en doble curvatura, en voladizo sobre el río en el vacío, y se interrumpían a una breve distancia antes de que se tocaran. Les unía, al fin, una marimba de escasos tablones hilvanados en cable de acero, como sus barandales que los eran también de ese material y que, a la vez, eran tensores que mantenían erigida la estructura completa sujetándose desde los pétreos bloques de arranque. El anonimato de todas esas estructuras perdidas en la selva comenzaba a evocar un gran misterio en su cabeza. Había un claro mensaje en aquella estructura que Eugenio se preguntaba si era el único en percibir.

El puente representaba ese enorme brinco entre dos puntos distantes, tanto en lugar como en época, y hasta en realidades. La cultura pueblerina de un lado del río y la que se desplegaba al otro lado en una magna edificación de extraños designios, escalas y proporciones. ¿Sería esa la intención simbólica de su creador? Inclusive, la asimetría del puente, acusando la pirotecnia de un lado, dejando lo tradicional al otro, acentuaba esa posible intención.

Además de los atributos geométricos, había algo que intentaba descifrar, pues aquella composición le resultaba especialmente conmovedora. Sabía bien que la conjugación de aciertos era, más que una aritmética, una progresión exponencial en donde surgían cualidades más allá de la suma de partes; la unicidad perfecta. Al cabo de su observación, se convenció de que debía ser la peculiar homogeneidad cromática del puente, donde los pocos materiales eran, además de regionales, todos de una tonalidad blanquecina. Inmediatamente pensó que escogería esa cualidad para perseguir en el diseño de *la casa beta*, que tanto tiempo y dedicación le había estado consumiendo.

—¿Quién habrá concebido esto? —Se preguntó en voz alta, a lo que inesperadamente le respondió el padre, quien aún venía junto a ellos sin mostrar huella de cansancio, y procurando que sólo él le escuchara:

—El *Arquifante*.

Ya en el *lobby*, habiendo concluido al fin con la orden del día, Eugenio registraba su ingreso al hotel con el individuo del *front desk* para obtener cama y cuarto donde descansar de la intensa conjugación entre sol, caminata y humillaciones. En eso, el padre se acercó al escritorio donde se registraba:

—¿Qué tal, Macondo? —Saludó al conserje.

—¿Qué tal, padre? ¿Viene a su práctica de tiro? —Le respondió éste, simple y seco.

—No ahora, pero tal vez mañana —dijo el padre, y entonces se dirigió a Eugenio—. Usted no debería tolerar tanta infamia, aunque venga de su jefe.

—Ah… no se apure padre, no es tan… importante. —Respondió Eugenio.

—No hay nada más terrible que la frustración infundida sin razón. No permita que el señor se la engendre. —Insistió el padre.

—Emm… —vaciló Eugenio, visiblemente conmovido por las palabras del padre, pero por último preguntó—: ¿Padre, qué es esa fortaleza en la cumbre de la colina?

Macondo y el padre se voltearon a ver, pero el padre ignoró la pregunta e insistió:

—No permita que lo humillen.

—No no lo permitiré padre, puede estar tranquilo. —Dijo tomando su llave, a la vez que arrancaba la etiqueta de identificación amarrada a su veliz, y se marchó para reunirse con Oribe en su habitación para una junta a la que había sido convocado.

Macondo y el padre le miraron alejarse. Y al regresar la vista, el padre vio la etiqueta de Eugenio sobre el escritorio. Decía su nombre, pero con el primero abreviado en las dos primeras letras, y su apellido paterno a continuación. La tomó entre sus dedos y se la llevó consigo.

Depresión

Después de la breve pero lastimosa y típica junta en privado con su jefe, Eugenio pudo al fin retirarse a su habitación. Entró y se sorprendió del cuarto y su equipamiento. Para ser un hotel de *pueblucho* contaba con todo: clima acondicionado de tubería con agua fría y no ruidosos y feos aparatos de ventana. Además, tenía ventiladores con aspas de madera y mimbre en cielos rasos. Ventana y balcón con vista al río, televisión de señal satelital, teléfono, servibar, agua caliente, tina, taza y doble óvalo en el baño; cuando vio el bidet pensó: esto no es real. Sin embargo, lo primero que hizo fue echarse en la amplia cama de simples sábanas blancas.

Cansado pero sin sueño aún, decidió sacar su libreta de borradores y continuar el diseño para la *casa beta*. Así había nombrado el proyecto de habitación mínima con fines sociales y ambientales que hacía por iniciativa personal. Siempre que tenía tiempo, se ocupaba en algún diseño. No sabía si lo hacía por verdadero interés profesional, o como evasión del vacío emocional que le provocaba su trabajo. Como fuera, estaba convencido de que para fines de economizar, las formas espaciales que mejor se aprovechaban eran aquellas que derivaban del cubo, por lo que sus últimas páginas estaban dominadas por el cuadrado. Aunque también tenía un natural afecto por la suavidad de las superficies en curvatura, simples o compuestas, por lo que había varios ensayos en los que se asomaban cuerdas, o círculos, o curvas elípticas deseosas de vivir en la composición. *Kiki* y *bouba* solían ser argumentos personales en sus bosquejos; formas rectas y angulosas en combinación con otras suaves y redondeadas, como en el sonar de esos vocablos. Sin embargo, para la racionalización buscada, sus experimentos iban concentrándose en la proporción perfecta, pura y clásica del cuadrado. La consideración cuantitativa amenazaba todo el tiempo tanto a la cualitativa belleza de la forma, como a la mejor disposición funcional.

El reto era magno, y le había estado ocupando desde hacía mucho tiempo. No fue hasta que le puso un usuario imaginario, que las ideas le empezaron a llegar con mayor fluidez. Se imaginaba a su tío Tano: inadaptado por marxista, burócrata e idealista que a pesar de los miles de textos consumidos, vivía siempre en penosa situación económica. Había convivido con él cuando, por ser el menor de los hermanos de su madre, tuvo que vivir acogido en su casa por no contar con forma alguna de sustento. Claro, la situación empeoró con el llamado domingo siete, o paternidad accidental.

No obstante, la serenidad del ambiente, Eugenio no logró la concentración, y el desafío se le acrecentaba con el malestar que la observación del padre le había dejado. Ni una línea salió de su lápiz y, al cabo de un rato, dejó el diseño por la paz.

En lo profundo de sus meditaciones el malestar no cejaba. Las palabras del padre habían puesto nombre a su estado anímico: frustración. —*Sé es ahora o no serás nunca*— le rondaba la equivalencia shakesperiana. Para su edad, sin nadie más en quien pensar, se habían quedado atrás todos sus sueños y aspiraciones sin que hubieran tenido lugar ninguno de ellos. Escuchando a los grillos cantar sobre el lejano caudal del río, le parecía ser la fanfarria al hombre común que personificaba él mismo. El éxito, simplemente, no le había sido destinado como a otros... Llegó a pensar en locuras como auto exiliarse a vivir en un pueblo como ese en el que se encontraba, pero tras admirar ese puente dudó de su exitosa competencia en el lugar. *Chingada*, se decía a sí mismo en la alegórica palabra que sintetizaba con elocuencia su sentir... no lo soportaba y el sueño se le espantaba aún más. Ahora estaba boca arriba con la mirada clavada en el techo, con las manos en la cabeza y los dedos tejidos entre los revueltos cabellos en clara alusión a la desesperación que le empezaba a surgir desde las entrañas. Sin ser la primera vez, imaginaba que llegaba un día en que ponía un alto a las humillaciones de Oribe. Se apostaba cerca y de frente, retándolo a repetir la injuria, para que en cuanto lo hiciera, asestarle un fuerte golpe directo en el rostro. Pero terminaba por desestimar su propio valor de atreverse, y apreciar su inmensa prudencia, lo cual no hacía sino aumentar su, ya instalada, depresión nocturna.

Se levantaba varias veces para caminar de un lado a otro y volver a tirarse sobre la cama una y otra vez. Encendía y apagaba el aire acondicionado, acalorándose o helándose. Oribe tiene razón, no soy nadie, no he hecho nada y nada haré en esta vida, se repetía. Como había sido su eterno temor, recordaba las letras de *Peart* que le susurraban en la dulce voz de *Lee* en «*Losing it*», musicalizando la meditación XVII del poeta *John Done*, al versar *Por Quién Doblan Las Campanas*[1]...

«*Some are born to move the world, to live their fantasies*
But most of us just dream about the things we'd like to be
Sadder still to watch it die, then never to have known it
For you, the blind who once could see,
The bell tolls for thee... »

Se preguntaba si sería igual la insatisfacción en Oribe. O en Leila... Estaba seguro de que no podían ser felices pero, ¿cómo serían sus propias torturas y frustraciones? ¿O acaso serían felices, estarían satisfechos de sus logros y durmiendo tranquilos? Tal vez.

Cuando se convenció de que no podría conciliar el sueño esa noche, y confiado en que el siguiente sería un día de absoluto descanso, decidió salir del cuarto y buscar donde anestesiar la pena con lo que fuera. El bar del hotel estaba cerrado desde la inauguración. O sea, nunca había funcionado, así que recordando las voces entonadas que escuchó al pasar por la mañana, salió en dirección de la cantina, en aquella esquina con la calle principal.

Fedra y la cantina

Caminó por donde vino, cruzando los puentes, subiendo la vereda y rodeando el panteón hasta que la imponente colina de la fortaleza en la cumbre le atemorizó. Era una sombra monstruosa con siniestros muros en lo alto que albergaba algún misterio que ni el padre ni el conserje quisieron revelar. Nada más una luz centelleante, como de una fogata se alcanzaba a ver en lo alto. Ni siquiera el panteón, con sus muertitos y hormigueros le causó temor como la colina. De hecho, el panteón y sus muchas veladoras encendidas le apaciguaron, pues en realidad era un hermoso cuadro, tan sólo por debajo del formado por las millones de estrellas y luceros, que tapizaban la bóveda celeste en aquella noche con apenas un cuarto de luna.

Al llegar dudó como siempre y para todo lo que hacía, pero entró y se dirigió a una periquera cerca de la barra. Se sentó y aguardó a que lo atendieran. Para su grata sorpresa, era ella: la mujer que le había cautivado a su llegada tras la manta de una ducha, quien le atendió. Y sirviendo un pequeño plato con pistachos, le preguntó:

—¿Qué le sirvo caballero?

Ordenó una cerveza fría para mitigar el calor, y para cuando vino con ella, ya tenía un banco junto a él a donde le invitó sentarse.

—No puedo, mi vida, tengo que trabajar —se negó ella seductoramente mientras le dejaba un tarro de cerveza helada y una, muy descontextualizada, galleta china de la suerte.

No se sentó a platicar, pero no por eso no hablaron episódicamente mientras le atendía. Sin prisa pero curioso, abrió la galleta para leer su suerte...

«*Es el Cambio o es el Tiempo; Premisa y perpetuidad*»[2]

¿Qué significaría eso? No era precisamente una profecía o algo similar. Era más bien un axioma, consejo o sentencia que, por extraño que fuera, se le antojaba para su propia vida. Un cambio drástico. Pero más le parecía ser la propiedad clave del universo, y que habiéndole entendido en el particular devenir histórico de la arquitectura, le había extendido para la vida entera. Es sólo que algunos cambios son de tal magnitud y significado que parecen ser los únicos dentro de la ilusión de un mar de calma estática.

—¿Que le dice la fortuna? —Preguntó ella, y prosiguió— por su cara, debe ser algo bueno.

Mirar e interpretar los gestos cuando leían su suerte ha de ser su afición, y los contenidos eran excusa de conversación. Ahora, «*el cambio y el tiempo*» fueron los temas que animaron la conversación que tuvieron entre que, le veía servir tragos, se tomaba los suyos, y le admiraba cada vez que pasaba.

A lo único que debía sujetarse era al cambio, pues sólo prevalece el movimiento como una constante; devenir que permite la existencia del tiempo. Como se constata en el devenir natural, el cambio es lo único que permanece, y en la cultura, el arte y la arquitectura, no eran distintas. Al contrario, se ganaba aceleración.

En eso estaban hasta que ya en la madrugada, apareció un hombre en la entrada. Eugenio no pudo distinguir más que su silueta, pero pudo ver que levantaba su mano y hacía señas con la misma. Eugenio pensó que sería el afortunado a quien ella se debía pero el hombre se fue y los dejó en paz. Sin duda, sus angustias habían sido eficazmente borradas como siempre bajo el influjo de la cebada destilada, y de la visión de una mujer. ¿Será que pudiera encontrar el sentido de su vida en esos ojos negros y en esa abundante cabellera?

—¿A qué hora cierran? —Le preguntó.

—A la hora que se vaya usted. Entonces se dio cuenta de que era ya el único ahí, por lo que se levantó y dijo que se iba, pero no sin ofrecerse para acompañarla hasta su casa. Ella aceptó.

En el camino pudo platicar más con ella y además de su nombre, se enteró de su responsabilidad con sus sobrinos huérfanos. Solamente le contó que su hermana había muerto y que desde entonces ella se hacía cargo de ellos. Así mismo, le comentó que ya estaban casi listos los preparativos para la celebración del rito más tradicional y conmemorativo del pueblo que se llevaría a cabo esa misma semana en curso, en honor a la Santísima Virgen del Rosario, patrona del pueblo junto a San Pedro Apóstol. Evento que atraía además de a la gente del pueblo, a la de la comarca circundante, en un carnaval con características de dantesco bacanal y alejandrinos aquelarres, simultáneos.

—Cosas muy extrañas ocurren —dijo ella cuando estaban ya casi en la puerta de su casa, misma que él conoció cuando la miró esa mañana al pasar pero que, por supuesto, no se lo reveló. En cambio, se quedó mirando cómo se alzaba la colina con la fortaleza en la cumbre y le preguntó:

—¿Qué hay allá arriba?

Entonces sin mucha avidez, y ocupándose de abrir la cerradura del breve portón en dos apolilladas hojas de madera maciza, sólo advirtió:

—Ni mire, ni pregunte... en realidad no lo sé. Nunca he visto a nadie —y abriendo su puerta, le preguntó invitando— ¿desearía estar conmigo?

Ahí transcurrió el resto de la noche, donde entre los otros detalles sin relevancia de los que se enteró, fue que además de mesera, era prostituta.

Misteriosa amistad

Antes de subir al monte en su cotidiana manía, el padre Jerónimo cruzó el monasterio rumbo al camposanto y lo recorrió hasta el extremo donde estaba el santuario. Apenas clareaba tras las montañas y el aire fresco humedecía con su rocío al pasar. Entonces le vio ahí, como solía hacer, maniobrando con las hormigas. No le veía bien pues estaba de espaldas moviendo un nuevo cristal que colocaba de forma inclinada sobre una estructura que, para ser hormiguero, tenía una extraña forma elíptica.

—Buen día, tenía tiempo que no bajaba usted —saludó el padre sin acercarse demasiado.

—¡Jerónimo, Jerónimo, padre Jerónimo, buen día! —Le contestó efusivamente el ocupado hombre aquel con sarape de algodón.

—He vuelto... y casi lo logramos —decía en forma trabajosa por el esfuerzo que hacía.

—¿Cuándo dejará, viejo incansable, en paz a esos animales? Son felices sin necesidad de geometría —sentenció el padre.

—Eeh, no sé. Ya lo veremos. Por allá están las otras, y su población me pareció disminuida De ser así tendrá que reconocerlo, y pagar, padre Jero.

—Está bien, así será pero... perderá su tiempo y dinero —contestó el padre—, además, tal vez no tengamos el tiempo, ayer anduvo por aquí Saturnino con unos fariseos.

—Ahí vamos de nuevo... no se preocupe, padre. Tiempo es lo único que tenemos—dijo el otro sin conmoción.

Tras una larga pausa, el padre comentó:

—Por cierto, con ellos venía alguien que... —y acercándose para extenderle la etiqueta del equipaje de Eugenio, prosiguió— mire usted mismo.

El hombre se quedó observando el cartoncillo un largo momento y antes de levantarse le cuestionó:

—¿Es arquitecto?

El padre asintió.

—¿Será posible? —¿Preguntó, levantándose al fin.

Guardaron silencio un momento. Ambos se perdieron en el limbo de la madrugada y sus pensamientos. Es probable que también ahí, en sus pensamientos se estuvieran encontrando en silencio, como lo hacían en ese paraje enmarcado por la gruesa muralla, al pie de la colina, a la penumbra del amanecer.

—¿Sabes? —Interrumpió el viejo de las hormigas—. Hablé con la Sambuca.

Y volvieron al silencio. Ese plano en el que ambos se sentían tan bien. No tenían que hablar para estar cómodos el uno con el otro. Así, sin más palabras, el viejo pudo saber que el silencio del padre se había convertido en lastimoso recuerdo. Le puso la mano sobre el hombro en apiadada señal y sin pronunciar palabra le dejó ahí solo con sus recuerdos y el canto de las cigarras.

Con mirada fija más allá del camino, y con paso aletargado, el padre emprendió su diaria caminata hacia los campos de cultivo, donde algunos campesinos ya le esperaban... Salma, Salma, no pudiste esperar más, y maldecía en sus adentros. Tan parecida y diferente a tu hermana. Un poco más clara, le contrastaba con mayor fuerza la ondulada cabellera, pero igual de mártir se dejaba victimizar por su marido, Ezequiel Montesinos. No nada más a golpes como también de injurias. Ella se vengaba enamorándose poco a poco de su salvador, amor prohibido y perfecto, una locura redentora. De tanto desaparecido en el país, la de Ezequiel era la única que parecía una fortuna del destino.

De confesión en confesión, más que confidente, en su guía le convirtió, y aunado a su cariñosa cercanía, emergió sin remedio el imán del amor, hasta empalagarse del pecado más oprobioso: el engaño nupcial y la ofensa a Dios. Sin tocarse siquiera, el infierno les carcomía cada vez que se miraban, sintiendo a la vez, que todos les miraban.

La señora Montesinos siempre estuvo tan pendiente y tan parlanchina de sus vidas. Como suegra, parecía su misión. Llenaba a su hijo Ezequiel con tanta saña y patraña que alimentaba la misógina violencia del esposo, empujándola paradójicamente hacia el precipicio en lugar de alejarla. Llegó a hablar y a difundir a los cuatro vientos que había oído de los propios labios del padre, declarar su amor en pleno presbiterio a su nuera. Cosa que nunca sucedió... ahí. En realidad, poco crédito tenía la señora guacamaya del pueblo. Se le conocía su encanto por el chisme, la mentira y la difamación. Pero desde la desaparición de Ezequiel, su ofensiva había dejado lugar a una extraña devoción cristiana, incomodando en demasía con su presencia diaria en la parroquia.

El padre Jero llegó por fin al campo donde le recibieron sus compañeros de jornada agraria. Le saludaron casi al unísono con reverencia y uno de ellos, montado en su yegua le inquirió:

—Padre ¿es cierto que Morquecho ha recibido el llamado del señor?

El padre le miró con escepticismo entrecerrando los ojos y reprendió: —Deja al Señor hacer su trabajo sin entrometerte.

Leila

Toc, toc, toc, sonó en su puerta apenas a una hora de haber dejado el lecho de Fedra, y se vio toscamente despertado. Se apuró a atender el llamado, pues pensó que podía ser su jefe. No, no era su jefe, pero era el segundo de éste, pesadilla y némesis de Eugenio: Leila. De hecho, justo antes de tomar la perilla lo había presentido como si tuviera poderes paranormales, pero después se dio cuenta de que habría sido su característico perfume que la precedía, y que se olía a pesar de la puerta cerrada.

—Buen día ¿cómo estás hoy? —Lo saludó ella muy amistosamente, y más si consideramos que vestía sólo un bikini con falda semi transparente sobre la braga, dejando lucir el diminuto *piercing* de ombligo, y la constelación de pecas en hombros, espalda y generoso busto.

—Voy a nadar al río, pero no me atrevo a ir sola, ¿vienes conmigo? —Lo invitó.

—Ah, y toma esto. —Agregó, mientras le entregaba un rollo de papel vegetal que alguien había dejado trabado en la perilla de la puerta.

—Ponte un traje de baño, y te espero en el lobby. —Finalizó en su encantador tono imperativo, dando por hecha la aceptación.

«*El Quinto Artificio*»[3] ...decía el título del escrito en el papel que desenrolló. Reconoció el mismo tipo de papel y letra que la nota en la galleta de la suerte. Le siguió leyendo mientras cerraba y se disponía a cambiarse para acatar la invitación —forzosa— que tenía. Buscó el remitente pero éste no existía. Se cambió, pues no se atrevía a hacer esperar a la dama. Tenía como en todo macho omega, la remota esperanza de simpatizar sexualmente con la hembra alfa que sin duda, ella era. Eran sabidas las historias de vanidad que la habían hecho cada vez una mujer más *buena*... Atractiva y sensual, pues.

Le habían platicado que ese par de sustanciosos pechos no siempre habían sido así, y que en el transcurso de un año había tenido más de dos intervenciones de cirugías estéticas. Su vestir había transcurrido también de recatados uniformes a ligeros vestidos, amplios escotes, apretadas prendas, y altos tacones. Sus sesiones de bronceado, depilado y de gimnasio ocupaban más de una cuarta parte del día. Y las visitas al salón eran rituales frecuentes ya fuera la atención para el rubio cabello, para las manos o para los pies.

Sin lugar a dudas, todo aquello había modelado con éxito la escultural figura y el elegante perfil de la ejecutiva, que sabía muy bien cómo debía cultivar su imagen para ser posicionada entre los directores, y demás magnates de la alta sociedad. Para la mayoría era toda una oda a la superficialidad, pero para Eugenio era algo más que eso. No le consideraba una tonta y, por el contrario, le concedía una notable y maquiavélica inteligencia. Le provocaba un sentimiento superior al rencor de las rencillas familiares y envidias profesionales. Se trataba de un odio y pasión simultáneos, condimentado por un deseo sexual francamente descomunal.

Por supuesto, sin certeza alguna, se rumoraba de la relación impúdica que podría tener con el ingeniero Oribe, director de importantes inmobiliarias, jefe de muchos, padre de ninguno, padrastro de varios, esposo varias veces, y millonario de a montón. Y, sin embargo, nada de esto le disgustaba tanto, como imaginar que otorgaba sus placeres carnales a semejante horroroso pigmeo, al que ni siquiera el célebre *señor Burns* le hacía justa la comparación.

Y ahí estaba él, acompañando a semejante mujerona en minúsculos trapos, caminando descalzos entre bambúes. Se adentraron en el río y empezó a descubrir en Leila, una dimensión mucho más común y terrenal, aún a pesar de sus celestiales virtudes corporales. Al fin y al cabo, era una mujer con inseguridades y temores como cualquier ser humano. Encontró raro, pero grato, que ella se interesara por la nota que le habían dejado. Empezó a fascinarse por el tema, el contenido del texto y el misterio del ausente remitente.

—Dice que el quinto artificio es una historia humana... —comenzó a explicarle emocionado como hace mucho no lo estaba. Claro, a excepción de la lujuriosa noche anterior.

Le decía que el lenguaje era el primero de los artificios que aparecen conformando en sí un indicio de proceso civilizatorio. Y que a partir de este artificio se desprendían múltiples progresiones. Una progresión en particular, se describe en forma dual por sus implicaciones tangibles e intangibles, que son lo material y lo cultural. En lo material, la progresión era comunicación, símbolos, artes, tecnología y método, hasta alcanzar el quinto, la arquitectura como objeto. Y en lo cultural, la progresión era: comunicación, lenguaje, técnica, estrategia hasta llegar al quinto, la arquitectura, pero esta vez como fenómeno de emotiva expresión cultural.

—Me fascina cuando te apasionas por tu profesión —lo sorprendió ella al demostrar sinceramente esa admiración.

Él se quedó paralizado sin poderlo creer. Estaban apoyados entre unas piedras de río en donde la corriente tenía una breve caída, la cual daba un masaje en la espalda de Leila. Tenía el cuerpo sumergido a partir del busto, creándose así la ilusión de que no existía ropa alguna. Tuvo el enorme impulso de abalanzarse sobre ella y tomarla entre sus besos en un intenso abrazo, para después beberla entre sus brazos en un inmenso beso. Ella leyó su intención y no se movió, invitando a su atrevimiento, pero esto no ocurrió. Ella se decepcionó.

Fue ella quien alivió el incómodo silencio aludiendo a lo tarde que se hacía para su liturgia habitual de cada domingo. Debía alistarse para subir al pueblo a misa de medio día.

—Sé que no es tu hábito, pero ¿quieres acompañarme? —Y antes que él pudiera contestar, dispuso—: Nos vemos en el lobby en veinte minutos.

Misa en la parroquia

Con la experiencia forjada el día y la noche anterior, Eugenio pudo ilustrar a su, ya más vestida acompañante, con algunos aspectos curiosos del pueblo, como por ejemplo, esos enormes y extraños hormigueros, y la colina con la fortaleza en la cumbre. Pero para llegar a la parroquia debían doblar a la izquierda antes de llegar a donde la cantina, según les había indicado un arriero que pasó con sus becerros. En esa calle, a media distancia se encontraron con gente que entraba y salía de lo que parecía una casa como cualquier otra. Atraídos por la curiosidad se acercaron, y se vieron envueltos en el delicioso aroma del pan recién horneado. ¿Era posible?... Sí, era una panadería artesanal.

Entraron a un cuarto semi oscuro con estantes en el perímetro donde en charolas se exhibía el pan dulce. Banderillas, conchas, polvorones, cuernos, magdalenas, hojaldres. En una gran caja de madera se encontraba el pan bolillo y la telera. Eugenio no pudo evitar husmear por la puerta que daba hacia el interior. Yendo más allá, se introdujo sin solicitar permiso. Leila le siguió. Entonces fueron hasta el patio donde, además del pozo, vieron el gran horno de adobe y ladrillo. Era la cosa más hermosa, una bóveda esférica con una abertura y meseta al frente. Un panadero introducía las piezas de masa en una paleta de madera como remo de bote, y sacaba las que ya estaban horneadas. Una amable señora les preguntó amistosamente si querían acercarse más, y así estuvieron observando durante un rato. Poco después salieron con una bolsa llena de pan que devoraron durante el trayecto hasta la parroquia pues no habían desayunado.

Cuando al fin llegaron, la misa había empezado ya. Al entrar, una monja les dio lo que debía ser el programa de la liturgia y se sentaron en una de las últimas bancas para disponerse a participar en la celebración dominical. Poco a poco, la atención de Eugenio fue recorriendo el recinto. Notó que el área de los fieles era en realidad un gran puente cubierto con una bóveda de cañón, pues no

se tocaban las cóncavas paredes laterales, tendiéndose por el aire, apoyado de un lado por el nártex y del altar en ábside por el otro. A los lados se veía el vacío en lugar de las naves laterales, sobre las catacumbas que seguramente estaban en la planta inferior. Eugenio se levantó haciendo señal de volver y se dispuso a recorrer el lugar. Retrocedió hacia el nártex, por donde habían entrado, cuando creyó haber escuchado al padre mencionar el nombre de Charles Darwin, pero quizá sólo se lo figuró. Eso sería casi una blasfemia.

A la entrada, sobre el nártex, estaba el área para el coro en un nivel elevado, y las mismas escaleras de caracol venían desde las catacumbas, subían al coro, y se continuaban hasta lo alto de los campanarios, a ambos lados del nártex. La sobriedad y mesura eran notables en la exacta geometría, donde las proporciones emanaban matemáticamente unas de otras, en medias, cuartas, y octavas partes. Nada se salía del encuadre perfecto. Iba leyendo con la vista, recreando en su mente los trazos cual ordenador digital. Entonces recordó que podía fotografiar con su teléfono móvil, *dispositivo último en tecnología celular* que la compañía le había facilitado después de tanto pedirlo. Echó mano en su bolsillo, topándose también con lo que se suponía era el programa litúrgico. Al sacarlo descubrió que no era el programa, sino un papel muy similar al que le habían dejado en el hotel: la misma tipografía de vieja máquina de escribir sobre papel quemado que al extender decía:

«*La razón es medio, y nada más…*»[4]

Tras leerlo, le guardó nuevamente y procedió a fotografiar todo cuanto pudo. Descendió por las escaleras y llegó a la penumbra de las catacumbas donde descansaban en el osario los restos mortuorios de las eminencias más antiguas del pueblo. Para ser tan seco, simple y oscuro, no era tenebroso. Estaba limpio, olía a sacristía y por los vacíos laterales entraba suficiente luz para no necesitar de iluminación eléctrica. Además, estaba fresco por gracia de una corriente de aire que llegaba de alguna parte. Las criptas tenían inscripciones en enigmáticos diseños sobre cantera, y no en mármol como suele ser. Esto les hacía ser más cálidas. Después de recorrer el osario entero, que no era tan grande, ascendió esta vez por la escalera correspondiente a la otra torre campanario, y subió hasta donde estaba la campana: una simple cilíndrica y gran campana de bronce. Era la torre más alta de las dos, por lo que la vista del complejo monacal y del pueblo, era soberbia.

Se intrigaba por descifrar el mensaje oculto que el complejo le transmitía; en formas no convencionales le argumentaban claramente: soy un claustro, soy un templo y soy cristiano. Esto último era lo más relevante, pues lo percibía a pesar de que no se exhibían cruces, ni Cristos por ningún lado. Eran solamente las geometrías, las jerarquías y los signos arquitectónicos, los que se lo decían todo. Las torres campanarios a los lados del acceso centralizado; la bóveda de cañón corrido sobre la nave central; los patios cuadrados y porticados de los claustros; y la explanada frontal del atrio. Allí arriba podía verse casi la totalidad de la muralla circular que encerraba todo el monasterio, en una concéntrica inercia hacia la auto-contemplación natural del oficio monástico. Su atención recorrió pronto el firmamento buscando la colina con la fortaleza en la cumbre, y ahí estaba, cual monumento al enigma, los muros se escondían tras una cortina de frondosos árboles que impedían la clara vista de la fortaleza, pero que dejaban entrever en sus remetimientos de los vanos, un gran grosor de muros elocuente con la idea de fortaleza. Más allá, las frondas, pero no de árboles sino de las palapas elevadas del Hotel Babilonia.

Descendió, pues debía ser tiempo ya del fin del ritual litúrgico. Y ya en el atrio fue a refugiarse en la sombra de un tabachín. Pasaba mucha gente que provenía del interior, o que iban del mercado hacia el río y viceversa. El calor comenzaba a azotar con fuerza. Desde ahí podía ver a través de la escalinata y de la verja, hacia el interior del claustro monacal. Lo avejentado y solemne de los muros y herrerías, hacían ver más antigua una construcción que no acusaba edad ni sitio identificable en periodo alguno. Vio que en el muro lateral de la entrada al claustro había una inscripción en piedra. Se acercó para leerla, y descubrió que la inscripción profería lo mismo que el papel en su bolsillo… «*La razón es medio, y nada más*»

Un poco más de cerca, vio que la aldaba de la verja no tenía candado, por lo que decidió entrar. Para entonces, estaba instalado ya en su viaje de incursiones turísticas, así que entró y se vio inmerso en un patio sensiblemente cuadrado aunque con una logia en escuadra haciendo esquina, y la muralla circular de la parroquia comiéndole la otra esquina. Tenía también un espejo de agua que duplicaba el tamaño de la muralla. La paz que se podía respirar era desbordante. La algarabía de afuera quedaba silenciada tras los muros y virajes que hacía la forma al entrar a ese lugar. Él estaba al centro de un espacio confinado por una plancha de recinto, una logia porticada, una muralla convexa y un cielo azul. En eso escuchó el eco de unas voces de gente que se aproximaba por donde había entrado. Se apresuró a apostarse tras el muro que hacía simetría en sentido diagonal al acceso por donde entró. Desde ahí vio que unos hombres ensombrerados con el mismo aspecto de campesino que tenían todos en el pueblo, salvo que éstos portaban fusiles y carabinas, entraban y se dirigían hacia la izquierda de la logia. No pudo salir hasta que la frecuencia de personajes pareció disminuir hasta desaparecer. Y en vez de salir, primero se quiso asomar al salón donde se habían reunido. Pudo intuir que se trataba del refectorio, o comedor, y que le estaban utilizando como sala de consejo, en donde sin sentarse a su alrededor, parecían todos empezar a discutir algún asunto importante y severo, a juzgar por el armamento.

Pegado al muro, asomándose por el resquicio de la ventana, su mano quedó recargada sobre el relieve de un texto grabado en una laja de piedra embebida en el muro. A pesar del poco interés que podría tener para él una inscripción monacal que versaría sobre algún pasaje bíblico, atendió la inscripción por lo pertinente que le parecía…

«*NO HAY LUGAR A AUTORIDAD. Al escaparse el fin del campo de la razón se implica la imposibilidad de la existencia de una autoridad. Todo queda en aproximaciones hacia el fin.*[5] »

Sin ruido que le previniera, saltó de susto al sentir que le tiraban suavemente de la camisa. Una pequeña estaba a su lado y le miraba con severidad.

—¿Dónde está Sambuca? —Le preguntaba la niña con cierta ansiedad.

Él la reconoció de la vez que la vio jugar con su hermano en casa de Fedra, al llegar al pueblo.

—¿Juanita? —Se aseguraba él, mientras se alejaba del concilio con la niña, en dirección al atrio. Pero ella sólo insistió.

—¿Dónde está mi tía?

Entonces Eugenio reparó en su inquietud y le contestó:

—¿Quién es Sambuca pequeña? No conozco a ninguna Sambuca... ¿Vienes con tu tía Fedra?

Y apenas terminaba de pronunciar sus palabras cuando se toparon de frente con el padre al borde de la escalinata.

—Buenas tardes —saludó el padre, y tras ser correspondido, prosiguió— su compañera le espera bajo el portal de enfrente. Ah, y fui yo quien pensó que tal vez usted sabía algo de la tía de esta niña. No la han visto hoy y vino a buscarla por aquí... Estará ocupada desde muy temprano, supongo. —Explicó el padre, enviando a la niña de vuelta a casa y despidiendo al *curioso* con algo de prisa por atender el concilio que se llevaba a cabo en su claustro.

Eugenio bajó la escalinata viendo a la niña correr y perderse entre la gente que poco a poco desalojaba la parroquia, y justo antes de perderla, la vio voltear para mirarlo con resentimiento haciéndolo sentir culpable. No era para menos. Nunca, ni en los peores días de sórdida calentura y soledad de la ciudad, había recurrido a la prostitución. Paradójicamente, aquel lugar era como una pausa en el tiempo y el espacio que le hacían sentir como si nada de lo que hiciera realmente existiera... Incluso llegó a pensar que las circunstancias particulares de ella, el pueblo, y su gente, no le inferían un tono grave a su desprestigiado oficio.

Fedra o Sambuca

Eugenio encontró a Leila bajo la sombra del portal, sentada en una mesa del café *Copacabana* tomando un té. Con apenas un agrio saludo sintió su reproche y entonces se sentó. Entre su trasnochada, la culpa del sexo comprado, las notas, el reclamo de la niña, y el concilio armado que pudiera estar relacionado con sus menesteres allí, lo tenían de por sí, ya muy agobiado para también enfrentar un berrinche de la delirante mujer de sus complejos. Por lo que en esta ocasión, fue él quien interrumpió el silencio incómodo para preguntar, atrevida y sarcásticamente...

—¿Y tu jefe adorado? ¿No tendrías que estar con él?

Y entonces vio que la ironía había servido de gracioso atenuante para redirigir sus reclamos hacia otra persona...

—¡Ay! A ese que lo acompañe su abuela.

Aunque le cayó en gracia, no dejó de percibir algo de hipocresía.

—Ahora ha de estar divirtiéndose con la mujerzuela que contrató.

—¿Qué?

—¡Ay claro!, como por supuesto que yo no he de acceder por más que insista, él se contrata prostitutas cada vez que puede, ja... y cree que haciéndolo a mi vista, he de ceder algún día.

—¿Cómo?... ¿Estás diciendo que Oribe está ahora con...?

—Claro, si yo misma le llamé. Ja, fue divertido, una tal Sambuca... Que por cierto, déjame decirte que está hermosa la condenada. Habrá llegado desde temprano al hotel.

Un sonoro ¡noooo!, retumbó en sus adentros cual himno nacional con todo y rugir de cañones. Nada podía estar rematando peor sus complejos que sospechar que Sambuca era Fedra, y que tan sólo un poco después de estar con él, estaría en la cama con el miserable de Oribe, en lugar de estar en casa con sus sobrinos.

—¿Pero qué tienes? Por tu cara parecería que te conmueve —abonó Leila al fuego que hervía su sangre.

Ella tomaba los últimos sorbos a su té cuando al café entró un hombre solo al que reconocieron gracias a su cámara. Debía ser el periodista de pueblo, Antonio Morquecho, a quien el padre había reconvenido durante el recorrido. Cuando les notó ahí presentes les saludó apenas con un gesto de mano. Se sentó en una mesa aislada y ahí se quedó. Eugenio lo miró por un rato y tuvo la sensación de estar viendo al ser más solitario que podría haber en el mundo en ese momento. Ni siquiera las moscas se le acercaban. Al ver que la tendera no le atendía, se recogió y salió igual que como entró, alejándose en su solitaria caminata hacia ningún lado. ¿Quién es la verdadera autoridad en este pueblo? Se preguntaba Eugenio.

Morquecho

Ahí iba Morquecho caminando, arrastrando los pies como aquel que camina rumbo al patíbulo. No sabía pero intuía la razón del rechazo del que venía siendo objeto. Así, meditabundo y cabizbajo llegó hasta su casa, en la calle del Rodeo. Una construcción en pronunciada redondez por circunscribir un ruedo, entera en sillares de piedra, suavizando la esquina en curva con otra callejuela. La casa gris -amargura de antiguas ambiciones modernas- que estaba en contra esquina del Rodeo, era la casa de Antonio Morquecho.

Comió un pollo asado frío que estaba en su reluciente refrigerador de doble puerta, sentado en la cabecera de su larga mesa de nogal. Se sirvió pulque del que había dejado desde hace dos semanas cuando tuvo invitados rimbombantes; Saturnino el regidor, encabezando la lista. No tenía otra cosa que beber pues el aguador no atendía su pedido.

Sentado ahí contemplaba sus retratos en el muro lateral sobre el trinchador. Fotografías junto a regidores, delegados, presidentes municipales y hasta con el gobernador. La más elegante, en traje y corbata, junto a la bandera nacional. Terminó de comer, se sirvió otro amplio vaso de pulque y pasó a su baño. Un espléndido espacio forrado en mármol blanco con detalles alusivos a los clásicos de la antigüedad. Triglifos y metopas bajo el lavabo, volutas y laureles sosteniendo la mesa central y corintias columnas bajo un frontón para entrar a la ducha. Frente al espejo, él esquivaba su propia imagen también. Se lavó ritualmente los dientes, como lo venía haciendo desde que a los dieciséis dejó la casa de sus ancianos padres, que murieron pocos años después, solos y abandonados, encontrados tras varias semanas posteriores por el olor a putrefacción. Tampoco es que hayan sido buenos padres, ni esposos siquiera. En realidad, su salida había sido un escape de la mezquindad familiar. Una personalidad que había sido forjada en el maltrato y el desdén.

Aunque sin ganas, tan sólo por prescripción médica, Morquecho se dispuso a obrar y se sentó en su dorado retrete donde pasó largos minutos sumidos en la inmortalidad del cangrejo, hasta que, sin éxito otra vez, desistió de su intento y se levantó, abotonó sus viejos *jeans* imitación 501 pero mucho mejores según él, y fue a servirse más pulque. Abrió su puerta, y como nunca lo hacía, sacó una silla a la banqueta, como en cambio sí lo hacen muchos en el pueblo, y se sentó a tomar el fresco del atardecer fermentado con pulque.

Poco a poco, al ritmo de su borrachera, el orgulloso amor propio le afloraba con rencor, y comenzó a gritarles a los escasos transeúntes que pasaban por ahí cuando le miraban cual si un leproso fuere...

—¡Ustedes no saben nada!... ¡Ustedes no son nadie y nunca lo serán!...

Y después, en quedo se decía a sí mismo... —Yo si lo seré, pronto, y no volverán a verme jamás... Sabiendo que cualquiera que fuese su destino, sus palabras serían proféticas.

Así también, junto al orgullo crecido, cual deseo póstumo, le crecían las ganas de estar con una mujer hasta que entrando la noche y con los tres litros de pulque, pensó que debería atreverse a buscar a la más hermosa y más deseada. Por alguna razón sentía que llegaba su hora de permitirse lo que nunca se había permitido, o atrevido. Beber en domingo, sentarse afuera, gritarle a la gente, pagar un polvo y también... enamorar a Sambuca. Siempre la había anhelado, y cuando ella supiera del futuro prometedor al que estaría por ingresar, se convencería de fugarse con él a otro mundo. Los boletos estaban comprados. Total, ¿qué más daba ya?

La bóveda comenzó a tapizarse de estrellas, y el firmamento se engalanaba en tonos de tul al momento en que se escuchaba ya la música del cine anunciando su función dominical. Un *Rag time* en altavoces que se repetía unas cinco veces llamando al pueblo entero hasta que comenzaba la función. En esta ocasión, exhibirían por cuarta y última vez, la cinta italiana *"La Vida es Bella"* de *Roberto Benigni*. Justamente, habiendo tantas más cosas que sacar de ahí, había tomado sólo la idea de su traje para el carnaval. Un traje blanco de lino, mismo que no pudo ser auténtico pero sí muy parecido, que consiguió en su último viaje a la cabecera municipal. Se aseguraría de no pasar desapercibido con un luminoso atuendo durante los que serían sus últimos festejos a la Santísima Virgen del Rosario por mucho tiempo o para siempre, a presumir por las viejas leyendas de las desapariciones, limpias de pueblo, *fuente ovejuna* ejemplar.

Entonces, entrando únicamente para rellenar su vaso, cerró sus puertas y salió rumbo a la cantina donde encontraría a su delirio eterno. Caminó por su calle, levantando un poco más los pies, hasta topar con la calle que viene de la parroquia y el mercado. Como siempre, no había mucha gente ni luz sino hasta aproximarse al atrio de la iglesia, misma que resplandecía desde lejos sin dejar oportunidad a perder la orientación. Pasó cruzando frente al atrio, donde un grupo numeroso de jóvenes se ocupaban en los preparativos de la conmemoración, levantando postes, tiendas y carpas. Otro grupo de técnicos se encargaban de bajar la carga mecánica de juegos para niños, y del tendido eléctrico para su funcionamiento. Se emocionó cuando entre ellos vio lo que sería una rueda de la fortuna.

Pasó de largo dejando atrás la bulla del trabajo nocturno y dobló al llegar a la calle principal, caminando por la solitaria banqueta. Pasó frente a la plaza cívica, el parque donde unos novios se besaban a escondidas del día, y enseguida pasó frente al cine que estaba cerrado y a oscuras. Era extraño pues habiendo tan pocas diversiones en el pueblo, se supondría que el cine obtendría la suficiente afluencia, pero no era así esa noche.

Finalmente, llegó a la cantina pero la encontró vacía. Sambuca no estaba allí. Sólo estaba el cantinero, dueño del lugar que solía estar ahí cuando no estaba ella. Éste lo miró de lejos y se apiadó diciendo:

—Ve a casa, Morquecho.

Abejas

Eugenio permanecía en el puente. Había dejado a Leila a la puerta de su habitación sin recibir invitación a ingresar, y sin mucho que hacer se apostó en el puente por donde la probabilidad de encontrarse con Fedra, en caso de ser cierto lo dicho por Leila, serían altas. Y aunque la espera fue larga, para su pesar la sospecha se confirmó. Nadie más pasó esa tarde por el puente más que ella. Salió del camino por el extremo del hotel entre jacarandas, bambúes y el sonar del río. Él, sentado bajo el ámbar luz de las lámparas del puente, la vio desde el otro extremo caminar con decisión sin advertirlo hasta que a mitad del puente, donde se unían los salientes en el tramo colgante, le miró al fin. Disminuyó su paso hasta parar, pero reanudó apresuradamente. Fedra llevaba consigo algo bajo el brazo. Sin pretensión a detenerse, lo saludó cortésmente pero nada más. Él la leyó bien y concedió su evasión. Tras su paso y oler su perfume, le miró por detrás: vestido a flores estampado, entallado con cuello, pero abierto de la espalda, sandalias de alta plataforma, un pequeño bolso barato colgado del hombro y la cabellera sujetada por una ancha diadema blanca que contrastaba bellamente con la oscuridad de su pelo y piel. Y bajo el brazo, como si lo ocultara, llevaba algo parecido a una carpeta. Como las de Oribe. Quizás un regalo.

Con el ritmo del contoneo fue atraído por la danza seductora, y se rehusó a la idea de dejarla ir. Se levantó para alcanzarla y decirle que la acompañaría con la excusa de platicarle sobre su encuentro con la niña. Ella aceptó, aunque no gratamente. Sólo se vio interesada por su sobrina, pero por más esfuerzos que Eugenio hacía, no fue entusiasta en la conversación. Pasaron el segundo puente y subían camino arriba cuando dándose por vencido, calló. Así pudo percatarse de la música a lo lejos. Levantaba la vista para ver si alcanzaba a ver de dónde provenía pero se topaba con las altas copas de los árboles que techaban el camino. Ella notó su inquietud y entonces le informó:

—Es la llamada a la función. Si no tiene nada que hacer, debería ir al cine.

Más que una cortesía parecía una invitación a alejarse de ella. Dolido, él asintió.

Cuando llegaron al pie de la alta colina, donde al otro lado del camino se abría la muralla monacal del panteón, Fedra se detuvo para despedirse pues desde lejos, había notado que alguien estaba buscándola frente a su casa.

—Gracias señor... Aquí está bien. Que tenga una buena noche.

Por cortesía, él insistió en acompañarla hasta su puerta pero al ver también la figura frente a su portón, acató obediente su negativa. Sin embargo, al darle la mano le cuestionó suplicante:

—¿Nunca se enamora?... ¿Puedo verla mañana? ¿Nunca se enamora?...

Ella asintió con una leve sonrisa, al fin, por lo ocurrente, y agregó:

—¿No ha visto las colmenas del tamarindo?... Vaya antes de que acabe de oscurecer, es espectacular. —Y apuntando con el índice hacia la abertura de la muralla, continuó—, es allá dentro, al centro del camposanto del monasterio.

Ella se dio vuelta y se alejó. Él hizo lo propio pero no por donde vino. Haciendo caso a la recomendación de Fedra, se adentró en el panteón, pasando junto a los hormigueros para continuar caminando entre las tumbas iluminadas por centelleantes veladoras, atraído por el gigantesco árbol de tamarindo, hasta descubrir en una de sus ramas, un enorme panal de abejas. No era como cualquier colmena. Tenía, como los hormigueros, una configuración atípica y una geometría extraña que no sabía que pudieran existir. La luz era muy escasa por lo que tuvo que acercarse más para verlo bien. Rodeó una amplia lápida tendida en el suelo, entre centenares de vainas de tamarindo esparcidos y se acercó al robusto tallo para mirar mejor. ¿Cuál no sería su sorpresa cuando vio las sombras de otros tantos panales que colgaban y se adherían a otras ramas? Para no perder el equilibrio, apoyó su mano en lo que parecía ser un tronco mochado, pero éste se movió y miles de abejas salieron zumbando a su alrededor arremetiendo con furia contra todo su cuerpo. Entonces salió corriendo desesperadamente y empezó a sentir los aguijones que algunas abejas atinaban a asestar en antebrazos descubiertos y a través de la delgada camisa. Su desesperación se convirtió en un grito de auxilio lleno de miedo y que fue lo último que oyó al desvanecerse por la intoxicación sobre una tumba donde, antes de perder por completo el conocimiento, alcanzó a leer una inscripción en elegantes letras *Times*: EL ARQUIFANTE.

Al rayo del sol de mediodía, y en medio del atrio, el calor no podía ser más intenso, ni el ambiente más sórdido. Eugenio estaba empapado en sudor que le recorría por gotas bajo los pantalones y la camisa. No sabía cuánto tiempo llevaba ahí parado frente a la parroquia, observando tras las torres a la fortaleza sobre la colina. Le miraba y miraba como si así, de pronto, se descubrieran sus misterios. Algo saldría expulsado de ahí. Algo grande como un dragón para ser visto desde cualquier parte revelándolo todo. Sintió de pronto que con gran frenesí le hundían miles de veces un picahielos por la espalda. Sí, era la niña, con la cara pálida y ojos en blanco, que no cejaba en su misión de salvaje vengadora por el honor de su tía, cuando exaltado, despertó con ardores en todo el cuerpo.

Impotencia

Macondo, el conserje, vio al ingeniero Oribe bajar por las amplias escaleras. No se veía nada contento, mas tampoco enojado. Estaba como atónito y decepcionado. Algo no habría resultado bien en contra de las expectativas que se habrían tenido con la atractiva morena que llegó esa mañana. Parecía la típica desazón y depresión que invade a todo macho al verse impotente para satisfacer a la hembra, intuyó Macondo, exhibiendo una leve e inusual sonrisa.

Ordenó al conserje, en su habitual tono despótico, que le trajera pan dulce, gorditas de piloncillo y leche para cenar. Preguntó si la licenciada estaba en su habitación, a lo que le respondieron que sí, por lo que ordenó fruta, queso y vino también.

Oribe subió nuevamente a su habitación, cargando otra vez su pesada frustración viril, que ansiaba ser descargada el día siguiente sobre Eugenio, humillándolo hasta sentirse de nuevo superior. Por lo pronto, invitaría a Leila a cenar en la terraza de su habitación, no tanto para intentar un movimiento o disfrutar una velada, sino para huir de la soledad, lo que era mejor a estar acompañado de sí mismo. No sabía estar solo, o se detestaba tanto como los demás lo detestaban. Mirándose al espejo se vistió, perfumó y peinó el corto y alambrado cabello. De vez en vez, hacía sus caras de severidad al espejo que creía le convertían en un atractivo y galán caballero. La verdad es que ni él se lo creía. Siempre acababa recordando que eran sus cuentas y su influyente puesto, los factores que le conferían algún atractivo. Por fin salió y se dirigió al cuarto de Leila que estaba apenas a tres habitaciones de distancia en el mismo nivel. Se posó enfrente y golpeó tres veces.

—Leila querida, ¿estás lista para cenar?

Desesperando apenas a unos segundos, golpeó nuevamente justo cuando Leila abría la puerta:

—Calma, ya estoy lista, y con mucho apetito —para inmediatamente agregar— Sólo le digo que no tengo interés en conocer los detalles de su aventura.

Aliviado más que ofendido, Oribe intentó vestirse con la frase del caballero sin memoria, que para su caso, resultaba más que conveniente.

El conserje llegó acompañado de la cena y de un joven mesero cuando la peculiar pareja se encontraba ya sentada en una pequeña mesa de la terraza de la habitación, que no daba hacia el exterior, sino hacia el espacio interior del complejo, mismo que era todo un amplio paisaje introspectivo, casi cubierto por las enormes palapas curvi-formes que dejaban un claro libre al centro por donde se colaba la luz cenital, el claro de luna y la vía láctea.

Tras el servicio, y antes de abandonar la habitación, el conserje preguntó por algún otro deseo. Oribe iba a despedirlo cuando Macondo se adelantó ofreciendo…

—Señor, si desea, puede hacer uso de nuestro campo de tiro al blanco cuando guste. Este lugar es sede de entrenamiento olímpico de tiro de ballesta o arco y flecha.

Oribe se extrañó, sin embargo, se interesó.

—Pero... no tengo... ballesta.

—Ah, no se preocupe. Seguro tendremos algún equipo que pueda usar. Sólo avíseme.

Sin decir más, Macondo cerró la habitación y les dejó.

—¿Tiro con ballesta? —Preguntó Oribe mirando a Leila.

El notario

Octavio Zamudio había salido a tiempo y bien preparado para su compromiso del día siguiente. Le tomaría una hora arribar desde la cabecera municipal hasta el pueblo. Era notario, distinguido, y respetable personaje de la vida pública y jerárquica del municipio. Buen amigo de muchos, allegado a Saturnino el regidor, y padrino laboral de Morquecho por tenerlo empleado y protegido desde que se había iniciado como periodista. Era un hombre grande y corpulento, viril insigne de macho del pueblo. Iba en solitario a bordo de su *Valiant* beige de viejos tiempos pero de impecable cuidado. Tenía el plan de hospedarse en el Hotel Babilonia junto con el resto de la comitiva que llevarían a cabo la operación más ominosa de la historia del pueblo, despojándolo de gran parte del territorio ahora poblado por familias de campesinos y vaqueros. Todo en aras de un desarrollo inmobiliario incomprensible para sus tres dedos de conocimiento en desarrollo urbano. Era casi un empleado de los regidores y demás funcionarios públicos que le mantenían un modesto, pero constante, negocio de servicio notarial. Con canas prematuras en cabello y barba, a sus cuarenta inspiraba la confianza que brindan la experiencia y la vejez. Cerca de su arribo y con una mano al volante y la otra acariciando sus barbas, avistó autos detenidos frente a un árbol caído que bloqueaba el camino. Algunos campesinos estaban ahí, unos parados, otros a caballo, pero ninguno parecía estar haciendo algo por despejar el camino. Se detuvo y maniobró para regresar e intentar ingresar al pueblo por el extremo opuesto, hecho que le tomó algún tiempo, pero al llegar al otro extremo, y única vía de acceso alterno, vio que, aunque inverosímil, una vaca muerta obstaculizaba el paso. Por igual, varios campesinos le acompañaban sin hacer nada. Por un instante esos hombres le parecieron revolucionarios pues les detectó armas, pero antes de poder retroceder, se vio rodeado por unos jinetes. Uno de ellos se le acercó y sin bajar de su caballo lo interpeló con fuerza:

—¿A dónde?

—Al Babilonia—. Respondió.

— ¿*Usté* es el notario?

Y ante la amenazante pregunta, sólo se le quedó mirando revelando así su tácita afirmación.

—Baje del carro *seño*—. Le ordenó dejando lucir su carabina por si acaso. –Y una vez afuera, continuó imperativo:

—Vaya *usté* a pie. El carro se queda aquí.

Tomó su equipaje de mano y obedeció sin reparo. No es que no temiera por su auto, es que tenía mayores temores. La gente de aquí es muy brava, recordó.

Octavio Zamudio caminó rumbo al hotel. Debía caminar todavía un trecho de carretera y otro tramo de avenida principal antes de doblar río abajo por la izquierda. Desolado como lucía siempre el pueblo, pasaba frente a varias esquinas donde algún campesino aguardaba apostado. El pueblo estaba sitiado.

El hospital

—La apitoxina es el veneno secretado por las obreras de esta especie de abejas *antophila himenóptera*, empleada como defensa en contra de sus depredadores…

Decía el padre Jerónimo a Matilde, la monja novicia, mientras Eugenio despertaba lentamente de su desmayo y su pesadilla.

—Qué bueno que al fin despierta usted. Parece que en el hotel le buscan con apremio.

—¿Dónde estoy? —Preguntó sudoroso y adolorido. A lo que debió haber agregado; cuándo, por qué y cómo es que llegó ahí.

Estaba en una cómoda cama, de un simple, limpio y aséptico cuarto olor a naftalina, y boca abajo sobre unas sábanas blancas de algodón. Como curación tenía una mancha morada en cada uno de los muchos piquetes que le tapizaban la espalda y los brazos, y se encontraba en ropa interior.

—Está usted en el claustro sur del monasterio, que hace las veces de hostal y hospital. Y yo, además de sacerdote, soy... bueno, conozco de formas para contrarrestar los efectos del piquete de abeja. Al parecer, tenemos la suerte de que usted no sea alérgico al veneno.

Le informaba el padre mientras Eugenio se incorporaba lentamente.

—Debe usted agradecer a Fedra quien se dio cuenta de su percance.

—Lo haré padre. Le agradeceré a Fedra también por haberme invitado a conocer ese lugar sin prevenirme de los piquetes —respondió sarcásticamente.

Ya de pie, el padre le recetó, le hizo recomendaciones como si fuera doctor y, finalmente, le entregó sus cosas, entre las cuales había un papel enrollado como los otros tantos.

—¿Y esto? —Preguntó Eugenio.

—Estaba en su mano, sujetado con fuerza.

Eugenio no recordaba haber traído nada consigo, y procedió a desdoblarle para encontrarse con un nuevo texto intitulado:

«*El Azar, impulso accidental*[6]. *El origen es un accidente del que hay que sobrevivir.*»

A su mente, cual *flashes,* le llegaron las imágenes de las caprichosas colmenas y hormigueros, que aunque parecían azarosos accidentes, nada en la naturaleza lo podría ser.

—Bien, lo dejo solo para que pueda darse un baño si gusta. Al parecer su jefe tiene prisa por saber de usted. Ya le di parte a Macondo. —Le dijo el padre.

Eugenio se dispuso a vestirse, pero antes de que el padre pudiera cerrar la puerta, le interrogó:

—Padre, ¿hace cuánto que murió el *Arquifante*?

El padre se quedó parado entre las puertas apareadas bajo el ancho marco que casi era tan largo como todo el cuarto para el fácil paso de camillas y, enigmáticamente, contestó:

—¿Qué parte?

Esto provocó en Eugenio un gesto de extrañeza, pero le hizo recordar que en los pueblos abundaban las historias mágicas.

—Ah sí... Debió haber visto su lápida junto al tamarindo, — continuó el padre—. Eh, verá... A veces, lo que vemos no es tan claro y tangible. —Hizo una breve pausa y siguió diciendo:

—Nadie nunca vio al hombre tras la apariencia, pero muchos vieron morir la criatura de su apariencia un día de carnaval como el que tendremos esta semana. Pero eso no quiere decir que se haya marchado. —Y casi habiendo cerrado las puertas, le invitó— termine con sus deberes y con gusto le muestro el colmenar junto a otros interesantes universos que hay por aquí.

Muchos eran los misterios que le inquietaban y parecía no haber nadie mejor que el padre Jero para despejarlos. Pero estaba casi seguro de que la colina y el *Arquifante* tenían que ver la una con el otro. Listo ya, salió del cuarto y caminó por el corredor. Estaba en un segundo piso, desde donde podía ver el patio gemelo al norte de la parroquia, a la que también veía de lado. Era idéntico, salvo que a éste le atravesaba por un costado un gran muro en talud escalonado longitudinalmente, que le apartaba un poco, en lugar de asociarlo como en el otro. Visto desde el cielo, delineaba una cruz latina, dividiendo en cuadrantes los espacios correspondientes a la biblioteca, la capilla, la parroquia y el hospital. Recorriendo hacia el extremo, donde se encontraban las amplias escaleras, pasó frente a otro cuarto que estaba apenas abierto. Alcanzó a ver a alguien convaleciente en cama. Se acercó para saciar su curiosidad y asomándose, sigilosamente, vio tendido a un joven. El joven era atendido por una monja que le daba algo de beber. De pronto, sin ver quién, desde adentro le cerraron las puertas y poco faltó para que le aprisionaran de la nariz entre hoja y hoja. Tras el susto y sin retardarse más, emprendió la retirada. Entre la molestia y la comezón que le provocaban las picaduras, no sabía qué era peor: eso o reencontrarse con su jefe.

La comitiva desespera

José Saturnino se sentó entre el movimiento de los miembros de su usual comitiva. Sudando como siempre de cargar su enorme humanidad, se encontraba además muy contrariado. Daba órdenes a sus subordinados de encontrar al notario que debía dar fe, registro y constancia de la operación, y también a Antonio Morquecho que debería de saber algo de su mentor. Por su parte, y a su modo, Oribe se veía igualmente mortificado. Su chofer, el contador y Leila estaban con él. Ella se levantó al ver que Eugenio se aproximaba a la terraza del comedor en donde estaban, y se dirigió hacia él para interceptarlo anticipadamente.

—Espero que estés preparado para un día difícil —advirtió primero— el ingeniero no encuentra los contratos y anexos para la firma. ¿Acaso los tienes tú?

Eugenio negó con el movimiento de su cabeza, pero fue inevitable que su memoria le llevara al puente, cuando vio a Fedra.

—Pues Oribe ha dicho que tú los tienes pero que seguramente los has perdido. ¿Dónde estabas? No te ves bien. ¿Trasnochaste? Parece que te metiste en un enjambre. —Arremetió con fuerza, sin siquiera preguntar por su salud, dejando caer la tensión del momento sobre sus hombros.

—¡Eugenio!

Se escuchó al fin la voz de Oribe, sentenciando así lo que sería un día más de pesadilla al lado de su *"estimado"* jefe. Cada vez se veía más frustrada la consumación de la firma del contrato y su humor no podía estar peor. Sin embargo, dentro de la orden del día era imprescindible la presencia del notario y nada se sabía de él, ni de su protegido, Antonio Morquecho.

—Tendremos que quedarnos unos días más en este hoyo. Acabó diciendo Oribe a su gente. No le gustaba la idea pero era a Saturnino a quien realmente le tenía más mortificado. No había querido que llegara el tiempo del carnaval. Tenía miedo. ¿De qué?

De él y de las leyendas del pueblo.

—Tanta planeación para terminar a merced de un azaroso suceso de extravío —dijo Oribe, cimbrando la atención de Eugenio por la alusión a la última nota que había recibido. Pero especialmente por la tontería de pensar que nadie estaba enterado de sus asuntos ilícitos con la prostituta, y de la implicación de haber puesto en riesgo la operación de esa manera. ¿Azar? ¿Será posible que Oribe sea quien le haga llegar esas notas? Se preguntaba sorprendido aunque, en realidad, Eugenio sospechaba que no había tanto azar en el asunto, ni que Oribe tuviera tal fineza de pensamiento.

—Ingeniero, permítame ver si de casualidad salvé copia de los documentos en la computadora —le solicitó Eugenio, sin embargo, tenía otra cosa en mente. Debía intentar saber por qué Fedra tenía esa carpeta negra de piel que le vio el día anterior, y si era Morquecho la persona que estaba convaleciente en el Monasterio.

Eugenio habría podido denunciar sus sospechas, pero por alguna razón no lo hizo. Lo que le parecía patético era que Oribe lo inculpara a él antes de evidenciar que había solicitado los servicios de una prostituta que, probablemente, le hubiera robado los documentos. Oribe le concedió el permiso con la esperanza de que se encontraran antes de que el notario apareciera, y le citó en su habitación en cuanto tuviera noticia.

Eugenio salió del comedor en dirección de su cuarto para guardar las apariencias, pero buscaría un camino alterno para salir rumbo al monasterio. Lo que no esperaba, es que Leila se le uniera...

La comisaría

Sin duda que Octavio sentía temor pero, como todo hombre de pueblo, siempre había tenido que ser *macho* y no sería esta la primera vez para dejar de serlo, aunque fuese por prudencia. Finalmente, llegó a la esquina donde debía doblar hacia la izquierda, y así se dispuso a hacerlo hasta que el ensombrerado apostado ahí, obstruyéndole el paso le instó:

—¡Epa notario! Es por allá le esperan en la comisaría.

Acató sin mediar palabra, y siguió el camino hacia la comisaría del pueblo que quedaba más adelante, por la avenida principal, justo donde estaba la plaza cívica, y poco después del cine, que en ese preciso momento comenzaba a anunciar su función. Aceleró el paso, pues fuera lo que fuera, el asunto no le pintaba nada bien. Su cita era hasta el día siguiente.

Aunque los establecimientos parecían estar abiertos, no se veía gente por ningún lado. También había dejado de ver a los *sombrerudos* campesinos que le habían estado flanqueando el camino. No veía a nadie, ni dentro ni fuera de los locales, hasta que a lo lejos comenzó a ver la figura de un errabundo caminante por la banqueta opuesta. Llegó a creer que era Morquecho, pero tambaleaba su paso como un borracho, que no era lo usual en su protegido. Entrecerraba sus ojos pues le hacían falta sus lentes, pero antes de que pudiera distinguir bien, de la abarrotería junto a la que pasaba, escuchó que le llamaban:

—Octavio —decía una aguda voz.

Había poca luz tanto en el interior como afuera. Las lámparas fulguraban su luz ámbar provocando que las figuras proyectaran sombras en cuatro direcciones, pero pudo distinguir una silueta que se le acercaba desde adentro. Era pequeña y delgada hasta que pudo reconocer al varón hijo de la desafortunada pareja difunta. El gemelo Juan que vivía bajo la tutela de Fedra junto a su gemela. Le llamaba otra vez por su nombre:

—Ven Octavio, ven –le invitaba a entrar en el local.

Entró un poco para verle mejor pero no hasta donde estaba. Una vez ahí se dio cuenta del par de hombres apostados a los lados del marco, que le cerraron la salida.

—¿Están aquí? —Preguntó Octavio sin recibir respuesta. Ante esto, Octavio emuló esquivar por un lado para salir pero los hombres se le antepusieron. Uno de ellos le tomó del gran hombro que tenía Octavio y lo empujó suavemente para que tomara asiento en una banca adosada a la pared. Una vez sentado, el hombre apostó su carabina frente a su cara haciendo señal de silencio con su índice en los labios, al tiempo en que Antonio Morquecho pasaba con su turbulento paso por la acera opuesta. Y así se sostuvieron hasta que el errabundo se alejó. Entonces, los hombres tomaron su distancia, y uno le dijo:

—Ande *usté* a la comisaría.

Y entonces, mirando de reojo a Morquecho alejándose, reanudó su camino a la comisaría. Dejó atrás la abarrotería, el cine y, por último, llegó a la plaza del pueblo. Se introdujo por el portal y atravesó el claro en dirección a la comisaría que estaba justo al costado opuesto. Por fin, estaba ahí, al otro lado de la puerta en donde le esperaban. Del interior salían luces, lo que significaba que, efectivamente, había gente ahí. Tocó a la *garigoleada* puerta de madera.

Uno de tantos, y como tantos *sombrerudos* en el pueblo, le abrió la puerta y sin pregunta alguna le invitó a pasar y a tomar asiento. Vociferó algo que no entendió y echó algunos gritos hacia atrás antes de sentarse en un escritorio frente a una vieja máquina de escribir. Habiendo ahí computadoras, el señor tecleaba en una vieja *Olivetti*. Poco después, se apareció el azabache jefe de la comandancia quien, en afable gesto, le invitó a pasar hacia su oficina privada. Le hizo pasar frente a los *separos* o celdas de reclusión temporal. Eran tres, de las cuales, las dos a los extremos estaban ocupadas por sendos *teporochos*, y la de en medio estaba vacía y abierta.

—Buenas noches Don Octavio, sea usted bienvenido al pueblo. Espero no le sea demasiada molestia esta distracción, pero tenemos una diligencia que atender con usted. No se alarme por favor, nada que no pueda aclararse, supongo. Comprenda que tenemos el deber de dar seguimiento a toda gestión.

—¿De qué se trata, jefe? —Apuró Octavio.

—Sí, sí, vayamos al grano. Se trata de la noche del 3 de marzo de hace cuatro años. ¿Dónde y qué hizo ese carnaval, Don Octavio? Por lo que sabemos, usted estuvo aquí hospedado en el Hotel Babilonia, como supongo que también lo estará ahora.

—¿Hace cuatro años? ¿Cómo voy a recordar? Supongo que lo que todos hacen en el carnaval. —Respondió.

—Sí, por supuesto Don Octavio. Es sólo que se le relaciona en un caso de violación. Pero entienda, únicamente tenemos que lograr despejar las dudas. ¿Tiene usted manera de probar que estuvo ajeno a esa persona, como por ejemplo, haber estado en la compañía de alguien que pueda testificarlo?

Octavio se quedó pensando por un momento, tratando de recordar si esto pudiera ser posible. Habrá pensado que en su caso podría usar a Morquecho para que testificara a su favor.

—¿Qué farsa es esta? ¿Se podría saber quién me está levantando cargos? —Preguntó.

—Eh, sí, claro. La vida es la gran farsa, y este es sólo un episodio, dicen, pero no creo que sea necesario, Don Octavio. Si usted fuera el culpable sabría de quién se trata ¿verdad? —Dijo el Jefe levantándose de su silla y asomándose por el cristal de la ventana, a través de la cual se veía la plaza. Se metió las manos a los bolsillos, y de espaldas continuó:

—Don Octavio, ambos sabemos que hay de profesiones a profesiones, y que hay algunas de poca nobleza…—y calló volteando para mirarle a los ojos.

Octavio se incomodó, pues parecía como si estuviera refiriéndose a él.

—Sin embargo, ahora hay mayores penas para estos cargos y también hay agentes de la fiscalía más astutos. ¿Está seguro de no querer declarar? —Preguntó el jefe.

Por un momento se hizo el silencio. Sólo se escuchaba el pausado y errante tecleo de la máquina de escribir en la antesala, hasta que meneando la cabeza de un lado a otro, e intentando articular sus pensamientos en palabras, Octavio finalmente dijo todo indignado:

—Ahora resulta que una zorra va venir a decir que el cliente le pareció muy rudo ¿no?... ¡Aaah! No sé. Esa noche, como todas las veces que vengo, he de haber estado en compañía de Antonio Morquecho, mi encargado de asuntos locales. Hablaré con él para que venga a testificar. ¿Puedo irme?

—Claro Don Octavio, ya casi terminamos —le contestó el jefe, agregando:

—¿Sabía usted que la hermana y el cuñado de la agraviada desaparecieron en esa misma ocasión del carnaval, dejando al par de niños a su cargo?

—¿Y eso qué?... Debería preguntar al padrecito. Por los rumores, ha de saber más al respecto.

El jefe se quedó viendo impávido la cara de su interrogado por unos segundos. Apenas visible a contra luz de la ventana con su uniforme caqui y su tez de chocolate, se movió hacia su escritorio.

—Muy bien Don Octavio. Eso puede ser todo. No le molestaré más, pero quisiera pedirle que permanezca en el pueblo hasta mi aviso. Vea lo positivo, así podrá disfrutar el carnaval de este año.

Octavio se levantó de inmediato. Tomó su equipaje de mano, y llevó su gran corpulencia hasta la puerta, donde justo al momento de tomar la perilla fue cuestionado una última vez:

—¿Cuánta diferencia hay entre vender las carnes, pero propias, a vender un pueblo ajeno y por una bicoca, Don Octavio? Piénselo.

Salió. Salió a paso veloz, cruzando la plaza con rumbo al hotel, al fin de aquella singular bienvenida que le había dado el pueblo y que había resultado francamente inesperada. Iba ocupado en el plan que ordenaría a Morquecho para que le ayudase a salir bien librado del embrollo, cuando se percató de otro *sombrerudo* en la esquina de la calle que tomaba para bajar hacia el río. El asunto le parecía excedido si se tratara de lo acontecido hace cuatro años y relacionado sólo con una prostituta, para él sin importancia. El caso debía tener tintes mayores y más bien relacionados con la significativa transacción que estaba por llevarse a cabo al día siguiente.

Entonces, caminando un poco más para alejarse del individuo de la esquina y bajo la luz de una farola se detuvo para sacar su *Colt M19* del equipaje, y colocarla en su pantalón. No solía usarla. Quizá ni sabía cómo, pero siempre cargaba con ella, pues lo distinguía de los campesinos e indios *pata rajada* de la región, pensaba. Continuó calle abajo y, como es usual, pasó primero por las casas de los Montesinos y de los Espín, ubicadas una frente a la otra. Luego por una bocacalle donde, como lo esperaba, estaba semi oculto en la sombra otro campesino de ancho sombrero. Más adelante, pasaría por casa de Fedra. Le miró de reojo como con miedo de mirarle de frente y aceleró el paso. Así dejó la calle para llegar al pie de la colina y empezar el camino sinuoso junto al panteón donde la iluminación de las farolas era aún más escasa. De entre los calmos sonidos de la noche un zumbido ascendente le hizo parar e intentar descifrar lo que era y de dónde venía. Quedó parado un poco después de donde se abría la muralla del panteón, retrocedió dos pasos para asomarse, y al hacerlo el sonido aumentó tanto que se asustó sin darle tiempo de huir, golpeándolo de frente. Era un enorme enjambre de abejas que como si fuera un puño gigante, lo derribó sobre su espalda. Dándose la vuelta y a gatas, intentó huir pero el veneno de cientos de aguijones estaba ya surtiendo su asfixiante efecto. Octavio quedó ahí, tendido en el empedrado, al pie de la colina de la fortaleza.

Campo de tiro

Mientras Eugenio buscara la copia y se tuvieran noticias del notario, Oribe y Saturnino matarían el tiempo en el hotel haciendo nada. Sabiendo eso, Macondo el conserje, se presentó con una propuesta para pasar el tiempo más recreativamente.

—Si gustan señores, ahora mismo iremos el padre Jero y su

servidor al campo de prácticas de tiro con ballesta, ¿gustan acompañarnos?

La idea entusiasmó a ambos. Tanto Saturnino como Oribe pensaron que sería lo mejor que podrían hacer en lo que tenían noticias. Así que aceptaron la propuesta y se dirigieron con todo y séquito, rumbo al campo.

Salieron del gran vestíbulo central por la abertura poniente entre dos de los zigurats. Oribe comentó a Saturnino lo extraño que le parecía que el padre tuviera tal afición. A lo que Saturnino respondió que eso era lo menos estrafalario que tenía el padre aquel. Al preguntar por él, Macondo les dijo que ya les estaría esperando en el campo con todo y los equipos. A las afueras de la construcción todo era selva alta por donde se abría paso un camino entre bambúes y otras plantas de tallos verdes y amplias hojas. El camino subía hasta que se llegaba a un claro amplio y plano que era el campo de tiro. Tenía ochenta metros de largo en donde se situaban blancos a treinta, cincuenta y setenta metros. Ahí estaba el padre Jero, luciendo una estampa fantástica al esgrimir el arco y flecha en su hábito negro. Al verlos, bajó su arco destensando suavemente la flecha para saludar, y se dispuso junto a Macondo a enseñar el uso del equipo.

Tenían ballestas pero el padre usaba un arco, que era más difícil, aunque más ligero que aquellas otras. Después de mostrar la teoría, Macondo hizo un primer tiro dando muy cerca del centro en el blanco a cincuenta metros. Después, el padre hizo su tiro dando justo al centro provocando el asombro y el ¡oh! de la concurrencia.

Buscando a Fedra

—Pensé que íbamos a tu cuarto —le dijo Leila a Eugenio mientras le sorprendía abandonando el hotel por la abertura oriente del complejo.

Eugenio la miró indeciso, no sabía si podía confiarle su intención de buscar a Fedra, y sin dar explicaciones retomó su camino. Tomaron la usual subida rumbo al centro del pueblo.

—Creo saber lo que vas a hacer —dijo ella.

Claro. No era tan difícil de adivinar. No era el único en sospechar de la visita del día anterior.

—Pero... ¿sabes dónde buscarla? —Le preguntó.

—Empezaremos por su casa.

—¿Cómo? ¿Sabes dónde vive? No te conocía esas, Eugenio —reprochó ella.

—No, no... La vi cuando llegué caminando por aquí. —Negando, como apenado, y mintiendo, pues conocía hasta el olor del lecho donde dormía.

Al pasar por el panteón vieron que la abertura en la muralla había sido preparada y decorada como acceso para el tiempo del carnaval que daría inicio esa misma tarde.

Una vez en su casa, se asomaron primero por el establo abierto sin ver a nadie. Procedieron a tocar la puerta subiendo la pequeña escalinata donde apenas cabían los dos, situación que los puso muy pero muy cerca el uno del otro. En lo que esperaban, percibió el aroma del perfume que ella usaba siempre. Cada vez lo encontraba más seductor, pero de pronto se sintió incómodo de preguntarse si ella estaría, igualmente, percibiendo su olor tras haber tenido una muy mala noche y no haberse bañado aún. Por suerte, en ese momento abrieron la puerta y vieron que era una niña.

—Hola niña ¿Está tu mamá? —Preguntó torpemente Leila, dejando a la niña sin expresión.

—Hola Juanita —saludó ahora Eugenio afablemente, intentando salvar la situación— ¿Está tu tía Fedra?

La niña contestó moviendo negativamente su cabeza.

—¿Y no sabes dónde podemos encontrarla? —Preguntó nuevamente Eugenio.

—Fue a trabajar —contestó la niña, y a pesar de la vaga información, Eugenio sabía que podía continuar buscando en la cantina.

En el camino, Eugenio reprendió a Leila por la forma en que había preguntado.

—¿Cómo iba a saber yo todo eso? No sé cómo es que tú te has enterado. —Se defendió ella.

—Mejor deja que yo haga las preguntas, por favor —le pidió él.

Y ahí iba Eugenio, caminando a lado de su némesis admirada, en búsqueda de su otra romántica pasión recién descubierta: en un lugar de muchos misterios, enigmáticas misivas y de mágicos espacios.

Había que ver a Leila en sus acostumbrados zapatos altos abrirse paso en el empedrado de las calles. Bendijo ella el momento de llegar a la avenida principal que, además, lucía verdaderamente hermosa con la decoración que iba desplegándose por el pueblo entero. Se preguntaban qué serían esos marcos de madera que se pusieron por todas partes, como si fueran aparcaderos para caballos en los pueblos del legendario Oeste.

Entraron a la maloliente cantina que tenía ya al número usual de clientela. Unos solos por su cuenta, y otros en grupos de dos o tres cuando mucho. Los ventiladores zumbaban haciendo el ruido de fondo que no permitía escuchar las conversaciones y elucubraciones que los más borrachos hacían en soliloquio, ni la folclórica música que algo decía de una pobre rana y una estaca donde se ensartaba. Otro par jugaba billar, pero todos por igual, sin quitarse el sombrero. Allí estaba ella, Fedra, levantando unos trastos y vasos de una mesa recién abandonada. Eugenio y Leila se le acercaron hasta que ella les pudo ver. No pareció sorprendida y, por el contrario, les ofreció una mesa. Se sentaron y aguardaron el servicio.

En eso, antes que Fedra, se les aproximó un hombre en estado de ebriedad bastante avanzado.

—Yo te conozco, —le decía a Leila, quien miró a los ojos de Eugenio implorando auxilio.

—Yo te conozco… mujer. —Repetía el desquiciado.

—Qué me vas a conocer, viejo loco. —Dijo Leila en quedo para que sólo Eugenio le pudiera oír.

En eso llegó Fedra y se llevó al imprudente de ahí con ayuda de otros. Les puso su plato de pistachos, un plato con galletas de la suerte para cada uno y les preguntó:

—¿Qué van a querer?

Ordenaron un par de cervezas, pues qué otra cosa pedirían con ese calor de medio día. Una vez tomada la orden, Eugenio agregó:

—Fedra ¿podrías de favor, tomarte tres minutos para charlar con nosotros?

—Claro, en un segundo. —Respondió, y fue por el pedido.

Leila iba a tomar la galleta que le puso Fedra, pero Eugenio interpuso su mano e intercambió los platos.

—Supersticioso. —Le dijo ella sonriendo.

Ahora sí rompió con los dedos la galleta, desenrolló el papelito en su interior y leyó con curiosidad el destino que le sentenció la suerte.

Su gesto fue de preocupación. Leila era de las personas que no desestimaba esas cosas y, por el contrario, a veces les concedía demasiada importancia. Le pasó el papelito a Eugenio para que comprendiera su preocupación...

«Cuide su presente haciendo todo lo que tenga que hacer pues de eso depende si será de bonanza o tragedia el futuro.»

Eugenio sonrió ampliamente, aunque el ardor de los piquetes aún le impedía reír con libertad.

—¿Lo ves? —Dijo él— estas cosas son una patraña. Esa sentencia es lo que a cualquiera en el mundo le podría suceder sin riesgo a equivocarse. Es decir, sólo hay dos opciones: o te va bien, o te va mal, y claro, depende de lo que haces hoy. No te sugestiones por eso. —Le aconsejó. Sin embargo, ella alegó:

—No todo es tragedia o bonanza, Eugenio. Hay una amplia gama de grises intermedios entre el blanco y el negro. No sé cómo puedes tener tanta imaginación siendo tan escéptico... A ver, ¿el tuyo qué dice?

Eugenio tuvo que conceder ante el sabio enunciado de Leila y acto seguido procedió a desbaratar su galleta, para leer en voz alta:

«*EL FIN ES FUENTE. Libro Décimo Cuarto del Arquifante. En un Universo sin sentido, uno crea el sentido. En cada obra inventamos un fin.*»[7]

Ambos se quedaron pensativos intentando descifrar el enigma, pero la primera atención de Eugenio se dirigió hacia la tipografía. Tanto esas notas como todas las demás que había recibido, tenían la misma. Tomó la de Leila para comparar y comprobarlo. Al cabo, si supiera quién hace esas galletas, tendría una pista de quién le enviaba las notas.

Finalmente llegó Fedra con sus tarros de cerveza y tomó asiento con ellos.

—¿Bien? Díganme...

—Hola Fedra, gracias por rescatarme de las abejas anoche.

—No fue nada. Disculpe por habérselo recomendado.

—¿Cómo hiciste para llevarme hasta el claustro tu sola? —Fue la primera pregunta de Eugenio y, en cambio, para Leila eran más las incógnitas que se aparecían.

—No estaba sola. Tuve ayuda de un hombre fuerte. —Dijo Fedra.

—¿Quién, Morquecho?

—¡Nooo! —Reaccionó Fedra— él apenas podía caminar. Él necesitaba tanta ayuda como usted.

—Un momento. —Interrumpió Leila, un tanto desconcertada y molesta—. No venimos a hablar de sus aventuras, tenemos un asunto más importante que tratar, Eugenio.

Tras un breve silencio, Fedra se dispuso nuevamente.

—Dígame señorita.

Entonces Leila tomó la iniciativa:

—Parece ser que ayer que estuvo usted con el ingeniero Oribe, se perdió una importante documentación de su habitación.

La sutileza no era precisamente su estilo, por lo que Eugenio intercedió para suavizar la situación:

—No te estamos inculpando de nada, sólo nos gustaría preguntarte si sabes algo, o viste algo ayer que estuviste ahí.

Sin titubeos, Fedra respondió:

—Vi muchas cosas. Todo lo que el señor quiso mostrarme. Nada emocionante realmente.

No supieron si Fedra estaba siendo irónica y sarcástica acerca de Oribe y su desempeño, o si respondía conforme a su pregunta.

—No tomé nada más de lo que el señor me dio, entre la cuenta y algunos obsequios. —Agregó.

—¿Qué te obsequió, linda? —Preguntó Leila con malicia.

—¿Una carpeta negra? —Adelantó Eugenio.

—No. Esa me la dio para llevar el dinero de la paga pues mi bolso iba lleno con su obsequio. Me dio un par de pendientes, un collar y un anillo, todos de supuesta plata auténtica. Dijo que se los regalaría a su esposa, pero prefirió dármelas a mí. Al parecer se sentía en deuda. Si las quiere de vuelta, no tengo problema en devolverlas.

A Leila le provocó indignación, pues conocía y envidiaba las joyas que Oribe regalaría a su esposa, y no podía creer que las había obsequiado a una prostituta. Tanto le molestó que había perdido el hilo conductor de la conversación.

—¡Pero bueno! ¿Qué es lo que esta mujer les ha dado a ustedes?, ¡caramba! —Exclamó.

Eugenio retomó el hilo conductor...

—Fedra, es muy importante que encontremos esos documentos, ¿los viste? ¿Te comentó algo al respecto y de sus menesteres en el pueblo?

—Lo siento. Si creen que les robé algo vayan con el jefe de la comandancia y acúsenme, pero no puedo decirles lo que no sé. —Respondió ella en tono tan conciliador que parecía sincera en realidad.

—Gracias Fedra, no será necesario, confiamos en tu palabra.

—Dijo Eugenio, a lo que Leila hizo un gesto escéptico.

—En realidad, sería sólo cuestión de volver a hacer y a enviar otra impresión desde la oficina. —Concluyó Eugenio.

—Excúsenme un momento, debo atender una mesa. —Dijo Fedra al tiempo que los dejaba.

—¿Y ahora qué? —Preguntó Leila— en realidad no entiendo para qué querría ella esos documentos.

Leila sacó su teléfono y le marcó a Oribe para informar que Eugenio no había encontrado aún respaldo de los documentos, y para preguntar si se tenían noticias del notario. Mientras ella lo intentaba varias veces, pues la señal era muy débil en aquel paraje, Eugenio miraba a Fedra de lejos y sus pensamientos lo trasladaron a la noche de dos días anteriores cuando estuvieron desnudos entre las sábanas de su cama. ¿Había sido tan lindo, o era sólo su imaginación jugándole una freudiana broma romántica?

Leila interrumpió su ensueño diciendo alegremente:

—No hay noticias del notario, pero Oribe ya está de mejor humor aprendiendo a tirar al blanco con el padre Jero. ¿Lo crees?

—Menos mal que se divierte. —Dijo Eugenio.

—Sí, pero el inconveniente es que tendremos que quedarnos más tiempo. —Dijo Leila al tiempo que guardaba su teléfono, más preocupada por las mudas de ropa previstas para el viaje que por otra cosa.

Al volver su mirada a Fedra, quien ya venía otra vez hacia ellos, Eugenio pensó que quedarse no le parecía tan inconveniente después de todo.

—¿Algo más? —Les preguntó Fedra.

— No gracias, —respondió Leila por los dos—, ya nos íbamos.

—Lamento no haber podido ayudar. —Dijo amablemente Fedra.

—No te preocupes, ya nos arreglaremos. Hasta luego Fedra. Todo parece indicar que nos quedaremos por lo menos al principio del carnaval. —Devolvió la amabilidad Eugenio.

—Maravilloso. No lo olvidarán. —Decía Fedra mientras se enfilaba a la puerta, donde agregó:

—Tal vez, principio sea fin.

Leila y Eugenio se quedaron viendo sorprendidos a los ojos, pues era eso justamente lo que la galleta de la suerte le había deparado a Eugenio.

—¿Eres tú quien escribe las notas en las galletas? —Le preguntó.

—Claro que no. Las hace Doña Oráculo, la de la panadería. Así le llaman por sus dotes de pitonisa.

Habiendo algo más importante para Leila que los designios de Eugenio, se le acercó a Fedra para tomarle suavemente de la mano y decirle algo más confidencial:

—Linda, si en realidad no te interesan esas joyas, dámelas a mí y te lo sabré agradecer.

Esta vez, el gesto desconcertado y la mirada sorpresiva fueron de Fedra, ante la seductora y agresiva forma de anunciar su peculiar ambición.

El oráculo

De regreso, bajando rumbo al río, Eugenio y Leila iban callados, cada quien pensando en lo suyo. Ella seguramente en las joyas mencionadas, mientras que Eugenio en Fedra, pero también en lo visto en el claustro y en lo extraño que resultaba creer que Oribe hubiera sacado los documentos de su carpeta para obsequiarla a Fedra junto al pago, y luego no los encontrara. Sin embargo, su atención se fue centrando más en la nota y su escrito. Parecía que no podía evitar encontrar su afinidad con sus propios pensamientos, sólo que centrados en otras temáticas. Temas tangenciales pero muy específicos, sin tanto que ver con los acontecimientos del momento, aunque aplicables a la vida entera, como la arquitectura: la vida es como la arquitectura y viceversa. Siempre había pensado que las percepciones que mueven las emociones lo hacen hacia la creación de nuevas creaciones que, a su vez, terminan por estimular la percepción de otros para empezar el ciclo en cadena, haciendo que fin sea principio otra vez. Lo que aunado a que, si la razón es nada más el medio, se promueven otras cuestiones. ¿Cuál es entonces el fin último del diseño y dónde se encuentra? ¿Un reflejo? ¿Solamente un reflejo? Y, además, ¿tendrá todo esto sentido en el contexto de lo que ocurre en este extraño pueblo?

Así, absortos y acalorados, llegaron al entronque con la calle de la panadería donde, supuestamente, se hacían las galletas de la suerte por una supuesta pitonisa. Invadido de curiosidad, paró y le propuso a Leila:

—¿Te parece bien si te adelantas mientras compro pan para cenar?

Leila lo tomó a bien, pero incluso fue un tanto más lejos y mirándole con malicia le propuso:

—De acuerdo, Eugenio, ve a saciar tu curiosidad. Estaría muy bien que llevaras de esos hojaldres que tienen ahí, pero había pensado que tal vez quisieras llevar también un vino tinto para compartir en mi terraza esta noche, ¿qué te parece?

¿Qué? Se preguntaba Eugenio en su interior. ¿Será posible que la diva Leila estuviera insinuándosele? ¿O tenía mucha suerte, o la oferta de hombres en su vida estaba muy escasa? Quizás eran ambas cosas, o sólo sería un cruel pasatiempo que ella le jugaría. También existía la muy estrafalaria posibilidad de que tuviera la intención de reivindicar el destino romántico que se le había frustrado a su madre años atrás con el padre de Eugenio. Como fuera, tenía tiempo libre hasta que atardeciera para saciar su curiosidad, aunque también deseaba descansar en la habitación del hotel en la que aún no había pasado ni una noche completa.

La panadería se engalanaba al igual que los establecimientos. No le habían pasado desapercibidos los muchos pueblerinos que se ocupaban en las labores de decoración. Eran de todas las edades, siendo los jóvenes y niños los más entusiastas que, aunque descalzos, caminaban y hasta corrían por los empedrados. Casi sin falta, todos los hombres usaban la misma indumentaria: el sombrero de campesino que los hace ver prácticamente idénticos entre sí; los pantalones zancos como de pescadores, exhibiendo los morenos y cuarteados tobillos; los guaraches de piel exhibiendo las encorvadas y largas uñas; y las camisas blancas tipo guayaberas pero lisas, sin estampado alguno. Así había pasado junto a varios grupos durante la mañana. En ningún momento vio a personas que parecieran ser la autoridad. Todo parecía ser una organización pura de los habitantes. Había un grupo así justo a la entrada de la panadería a donde se dirigió. Más que ir por el pan, se fue directo hacia la otra puerta que llevaba hacia el horno que estaba en el patio. Allí se encontró con la afable señora que había visto en su visita por la mañana. Al verla supo que era ella a quien buscaba.

—Señora, busco a Doña Oráculo, ¿es usted?

Unos minutos después se vio dentro de un cuarto pequeño, completamente blanco y muy iluminado por la única abertura que había además de la puerta. Era un tragaluz arrinconado en una de las esquinas del techo. Al centro había una mesa baja y cuadrada, igual que la proporción del cuarto, por lo que quedaba el mismo espacio libre por los cuatro lados. No había sillas sino unos delgados cojines sobre el suelo. Al centro de la mesa había varias velas, y dibujada en relieve una rosa de los vientos con su respectiva brújula flotando y apuntando hacia el norte. Lo había dejado solo por un momento, pero volvió con un saco de tela con panes y una jarra enorme de lo que parecía ser agua de tamarindo. La señora le invitó a sentarse de un lado y ella se sentó del lado opuesto. Encendió las velas y sirvió agua en una jícara. Eugenio alcanzó a ver en el fondo de la gran jarra algo parecido a una cuerda o soga. Eso era una infusión *xochicalca* hecha a base de una liana natural que se da en la ribera del río y que tiene propiedades curativas y psicotrópicas. En el Perú le conocen como ayahuasca y en quechúa significa *'soga de muerto'* porque permite que el espíritu salga del cuerpo sin morir. Para la pitonisa era el elíxir del destino. Eugenio se atemorizó un poco...

—Sólo quisiera charlar con usted, no tanto saber de mi destino... Verá, no creo en estas cosas.

Ella aspiró profundo y cerró sus ojos. Así, dos segundos después y sin abrirlos manifestó:

—Hace *usté* bien, seño. Aunque como buen no creyente sabrá bien que un juego de preguntas comunes no es menos difícil, pero tan certero como leer el destino. Pregunte, ya veré si puedo saber.

Entonces, disponiéndose a escucharlo tomó la jícara y bebió del elíxir. Eugenio le expuso sus dudas. A decir verdad, se explayó por completo. Habló sin parar por espacio de media hora hasta que se dio cuenta de que ni en el diván de los terapeutas a los que había tenido que frecuentar en su vida, se había desahogado de esa forma. Y en realidad todo giraba alrededor de las notas que habían llegado hasta él de alguna forma. Dos de ellas a través de las galletas que se cocinaban ahí, y las otras con similar tipografía en algún lugar del monasterio o en el hotel. El trasfondo en ellas le remitía a su inquietud profesional, tocando su actitud, sus dogmas y su comportamiento en general. A pesar de lo circundante, sus preguntas no fueron realmente precisas. Hubiera sido más sencillo cuestionar quién y por qué le enviaban esos mensajes, cómo es que parecían saber tanto de él y de su pensamiento, así como de su sensibilidad plástica. ¿Qué tenían estas cosas que ver con el negocio de Saturnino y la inmobiliaria en el pueblo? ¿Qué significaban el *Arquifante*, la fortaleza de la colina y los extraños experimentos con hormigas y abejas? Pero fue su inconsciente quien salió a hablar en su lugar.

Cuando Eugenio terminó de hablar, cruzó los brazos y se quedó atento mirando fijamente el rostro de la panadera y pitonisa, como esperando al fin, conocer toda la verdad sobre las dudas que le quemaban de curiosidad. Pero como buen oráculo, en lugar de obtener simples respuestas, se encontró con más incógnitas por despejar...

Ella volvió a cerrar los ojos por un momento. Su tez morena sin arrugas contrastaba con su cabello grisáceo por las canas que se veían salir por debajo del turbante, que también podría ser simplemente, su gorro de panadera. Ancha, más por la edad que por gordura, exhibía por su blanco vestido sin mangas, amplios brazos de carne colgada desde el hombro. Tenía pestañas enormes y onduladas, y facciones definidas que parecían haberla hecho una atractiva mujer en tiempos del ayer. Eugenio sabía reconocer la belleza a pesar de la edad de las personas. En eso, alguien tocó a la puerta y entró enseguida sin esperar respuesta. Una joven, aprendiz de panadera, le llevó una canasta en una manta blanca y la puso en la mesa para salir de nuevo. La mujer abrió el saco de panes con el que había entrado cuando trajo la jarra y seleccionó varias piezas colocándolas cuidadosamente en la manta de la canasta al tiempo que le comenzaba a decir, en su folclórica manera:

—*Usté* tiene más que dudas, seño... Tenga cuidado. Hay quienes no salen de su laberinto.

Hizo una pausa y empujó, deslizando la canasta hacia él.

—*Usté* quiere saber quién es *usté* mismo, y por qué está aquí. No nomás en este pueblo, sino en este mundo... Quiere saber si así puede encontrar el sentido a su vida, y hasta dónde puede llegar... Ha sabido hacer muchas preguntas, pero no las correctas, como ahora y en toda su vida... aunque no es culpa suya. Es el miedo a verse desnudo ante sus ojos, amado y seguido por otros. Por eso no ama, sólo desea...

Hizo otra pausa, y desviando aparentemente el tema, le ofreció un pan...

—Ahora no, gracias. —Contestó precavido.

—Entonces tendrá que esperar hasta la hora que coma su pan, pues ahí se encuentra su respuesta. —Sentenció la mujer.

—¿En el pan, como en las galletas? —Preguntó él.

—Así es. —Le respondió la mujer.

Eugenio no quiso parecer descortés pero cuestionó:

—Pero... ¿No se supone que usted escribe esas notas? ¿Cómo lo habría podido hacer ahora?...

Entonces ella regresó hacia su respaldo, bajó la mirada y volvió a cerrar los ojos al tiempo que dijo:

—Por las noches las escribo con la inspiración que la luna y las estrellas me dictan. En caso de querer mis respuestas tendrá que confiar, pues ignoro cuáles son las notas que están aquí, y cuál pieza elegirá usted... Es la parte de mi trabajo en la que *el azar... es un afortunado accidente.*

Eugenio se quedó pensativo ante esas últimas palabras, mismas de una misiva anterior cuyo contenido empezaba a parecerle una posibilidad. ¿No será todo esto sólo una azarosa casualidad de circunstancias? ¿Cuáles eran las posibilidades para eso y qué tal que se tratara del caso ínfimo de la estadística? Pensaba esto con la mirada fija en su interlocutora hasta que decidió tomar una de las piezas de pan, cualquiera. Desafiando a la magia, tomó la de su menor preferencia y la partió en dos. Ahí estaba el papelito, le sacó con destreza y paciencia, poniendo el pan desbaratado en la mesa y desenrollando el pliego dorado por el calor. Leyó en las mecanografiadas letras:

«*DIMENSION OMNISCIENTE. Principio hedonista y sensual. La verdadera fuerza subyacente es el placer y la supresión del dolor.*»[8] *Conquiste la montaña.*

Una corriente eléctrica recorrió su espina dorsal, pero disimuló quieto y pensativo. Levantó la mirada para agradecer a la señora. Si no tenía una respuesta, al menos tenía dos cosas: un estimulante pensamiento y una invitación. Lo último le pareció una alusión a la colina.

—Ande, no se apure más. La claridad del mensaje llegará con el tiempo. —Lo tranquilizó la amable señora, que le extendió la mano en señal de despedida.

Salió un poco perturbado con su canasta, pero como siempre desde que llegó a ese pueblo, iba concentrado en sus pensamientos. Por un lado, se arrepentía de dar crédito a tales costumbres místicas en las que nunca había creído, y nunca creería pero, por otro, lo encontraba sumamente estimulante.

Había preguntado por un lugar donde comprar una botella de vino, pues no había olvidado la invitación de Leila. Lo remitieron a la abarrotería de la avenida principal por lo que tuvo que regresar y pasar frente a la cantina nuevamente. Fue a comprarlo y, de regreso, paró en la cantina para asomarse. De alguna forma, el carnaval estaba dando comienzo, ya que había más gente en las calles y los jinetes hacían la diferencia. A las puertas de la cantina habían caballos amarrados en los marcos de madera implementados durante los preparativos. Al asomarse, vio que la cantina estaba mucho más alborotada que las veces anteriores, y observó con desaire que un grupo de cuatro hombres, con sombreros puestos, reían todos en torno a Fedra, que estaba sentada al centro y de espaldas a él. Se salió y pensó que tenía algo mejor que hacer, sin embargo, no quedó muy convencido.

En postes y puertas con los que topaba, se veía el mismo cartel donde se invitaba: *Gran inauguración de carnaval. Hoy. Rodeo del Jenofonte.*

Elefantes

Cada intento era un tiro más cercano, pero Oribe aún fallaba por mucho de dar en el blanco. Sin embargo, se divertía cada vez que tomaba la ballesta y lanzaba su flecha. Casi había olvidado que sólo intentaban hacer tiempo. Lo mismo Saturnino, aunque mucho más escandaloso y certero en sus tiros. Era un deporte que a pesar de su voluminosa humanidad podía hacer con relativa facilidad. Por supuesto que no competían, nada más probaban su suerte y tino. La competencia únicamente hubiera sido posible entre Macondo y el padre Jerónimo que, por cierto, era una muy interesante. Sin embargo, en realidad, el padre estaba discretamente más interesado en las conversaciones entre el hombre de negocios y el funcionario, y era observador del más mínimo gesto. Era turno de Oribe cuando, de pronto, como visión alucinatoria, una caravana de tres o cuatro elefantes se apareció cruzando al fondo del campo siguiendo a un hombre de escasa cabellera. Macondo y el padre lo advirtieron primero y bajaron la ballesta que Oribe apuntaba con dificultad. Saturnino gritaba como un niño en circo, fascinado con el espectáculo, mientras que el agrio de Oribe miraba incrédulo preguntando en voz alta:

—¿Qué diablos?

Al cerciorarse de que habían pasado ya, y que estaban a salvo al otro lado, el padre les informó:

—Un circo los dejó aquí hace tiempo y ese señor se ha hecho cargo de ellos.

No había duda de que aquel era un pueblo peculiar, constataba Oribe, lo que le urgía cada vez más a la consumación del trato. ¿Dónde diablos estará ese notario? Se quejaba por dentro. Y por ese último gesto que acusó, el padre pudo notar y sospechar que en las negociaciones, Oribe sabía más cosas respecto del pueblo que su contraparte. Por ejemplo, lo de las minas de plata.

Leila al espejo

Ahora era Leila quien estaba ante el espejo. Era ya casi la hora de la reunión. Se miraba y revisaba cada parte de sí para verificar si estaba como se gustaba más. Acostumbrada a que sus caprichos fueran concedidos, esperaba confiada en la llegada de Eugenio, puntual y con el encargo. Así fue. Llegó a tiempo y con la misión completa. Tal como ella se lo esperaba, el asombro de Eugenio al verla abrir fue grande. Leila se había puesto un atuendo de gala en color negro, entallado y con delgados tirantes dejando descubiertas sus pecas en hombros, espalda y busto, de la parte visible, apenas arriba de los céntricos botones naturales que resaltaban un poco... Dimensión omnisciente, hedonismo y sensualidad, recordó y revivió Eugenio, encarnados en la deliciosa humanidad femenina de Leila. Generosidad era lo que su vista agradecía, y hospitalidad lo que su tacto imploraba. Las letras de la pitonisa no podían estar mejor materializadas que en el intenso deseo que sintió en ese momento, haciendo parecer a Leila como la cosa más bella, hermosa y deseada. Pero no sólo eso, la encubrió también de un aura de ternura y de bondad que en el fondo sabía muy bien que eran una mera ilusión. Así, justo así, sucedía con todo, con todas las cosas, y con las obras de arte, entre ellas la arquitectura. El placer: el placer que implica la ausencia de su contrario, el dolor o sufrimiento, es lo que seduce la percepción engañándole si quiere. No hay razón ni explicación científica plausible más que la obvia atracción por el placer visual, formal, sexual, o espacial. Es capricho inconsciente. El oráculo tenía razón una vez más y ahora lo veía con claridad. La naturaleza como detonante cultural era el placer y la supresión del dolor. El placer por lo bello y el dejarse llevar por los placeres físicos, son similares, ya que es instinto de supervivencia como en toda especie, pero es distinto pues está elevado a construcción cultural.

Salma

—Como sacerdote, sí que es usted poco convencional, padre Jero. —Decía Salma al despertar, retorciéndose bajo la sábana.

—Ya despertó usted, bonita —dijo él con una sonrisa, casi una risa de alegría al oír sus palabras al despertar.

—Es usted un hereje padre, y así lo amo. —Declaró ella.

—Sí, bueno, no me ame tanto por favor... el viejo Sebas sabía qué era necesario más que liturgia y penitencias en este pueblo. Creo que él estaría satisfecho aunque no le gustase mi método. —Aclaró el padre.

—No me importa el pueblo Jero, sólo me interesa nuestro amor, —insistió ella— si no es un sacerdote como los demás, si lo suyo está más allá del celibato y la entrega a Dios, por qué no huye conmigo. Yo le enseñaría a amar a Dios.

—Calla mujer —interrumpió él— si se supiera se tomaría como algo peor que herejía, por eso créeme, todo es mejor así.

Ella acató obediente, pero no ocultó su tristeza al oír eso.

—Por ahora debes descansar, tomar mucha agua y tomar las medicinas que te daré.

El padre levantó la sábana para ver la pierna de Salma donde lucía un gran moretón producto de un golpe dado por su marido, y que junto a otros maltratos habían puesto en grave riesgo su salud, pero que fueron letales para el embarazo de nueve semanas que tenía sin saberlo hasta que el padre lo detectó. El padre le había practicado lo que vendría siendo en términos comunes un aborto, más la palabra nunca se mencionó. Lo que era cierto es que la intervención oportuna le había salvado la vida a Salma. Al menos, por esta ocasión.

No así después, la vez que en el pozo, durante el carnaval de hacía cuatro años, un supuesto arrebato pasional había terminado en el fatal incidente. Se dijo que tras enterarse de la muerte de su esposo bajo las patas de una feroz estampida de reses, se había quitado la vida aventándose al vacío. Pero la verdad era distinta, pocos la sabían aunque no del todo. Sin embargo, se especulaba más aún con la versión del descubrimiento *in fraganti* del amorío con el padre Jero, haciendo que el desdichado marido fuera a anteponerse en el camino de la estampida, y luego ante su culpabilidad, ella se inmolara en el pozo. Aunque lo que el padre Jero sabía bien, es que bajo los acostumbrados disfraces del carnaval, Fedra y Salma habían intercambiado atuendos para engañar los acosos de infaustos individuos que, finalmente, le habían atacado pensando que era Fedra, y accidental o intencionalmente, la habían hecho caer en el pozo. Jero lo sabía pues había estado presente, más la identidad del malhechor le había quedado vedada bajo la horrible máscara de un *"viejito"* que huyó mientras él se ocupaba de rescatar el cuerpo sin vida del fondo del pozo.

Momentos antes, el padre había tenido que esconderse. No querían ser vistos juntos y fomentar las sospechas aunque tuvieran planes de cambiarlo todo, ya que Jero acababa de obsequiarle un modesto anillo que bien podría ser considerado como de compromiso. Tras la desaparición temporal, y luego la teoría del incidente mortal del esposo, Jero parecía haber tomado la decisión de dejar el monasterio para amarla libremente. Paradójicamente, el dedo anular de Salma se había quedado atrancado en la polea del pozo gracias al anillo que sirvió de cortante abrazadera. Fue lo único que junto a su recuerdo, conservó de ella.

¿La estampida habría sido realmente accidental? No era difícil de creer, pero al verdadero culpable le solían llamar "destino de carnaval". Mismo que en estos tiempos de desapariciones a causa de la batalla entre, y en contra del hampa, no se distinguía mucho.

Velada incómoda

La terraza del cuarto de Leila, a diferencia del cuarto de Oribe, se abría por un lado hacia el gran patio central y, por el otro, hacia atrás donde sonaba y se podía ver el caudaloso Amacuzac. En el hotel se había desatado una mayor actividad a causa del carnaval, pero aun así su capacidad rebasaba por mucho la demanda, persistiendo su fantasmagórico ambiente. Leila había puesto un mantel blanco, una vela y dos copas en la mesa. La situación le parecía a Eugenio de lo más extraño pues la tenía figurada entre las muchas fantasías que pensaba como imposibles. Tal vez era la ausencia de terceros, o la vacua superficialidad de Leila, pero en esos momentos había dejado de sentirse inseguro y amenazado por su presencia, dejando sólo el deseo en el lugar donde coexistían sentimientos encontrados.

Como suele ser, la velada entre dos comenzó alrededor de los temas triviales y cotidianos, hasta que él preguntó:

—¿Cómo es que una mujer tan guapa e inteligente no se ha liado ya con un hombre en matrimonio o algo similar?

Aunque directa e indiscreta la pregunta, ella no la evadió, y a pesar de las disculpas que Eugenio ofreció por la posible impertinencia, se dispuso a contestar:

—No lo sé bien, creo que hay algo en mí que lo impide.

Y entonces reviró:

—¿Y, existe alguien en tu vida amorosa?

—Ja ja... —ganándole una risa nerviosa a Eugenio—. ¿Amorosa?... ¿Qué eso?

Respondió preguntando. De por sí, cualquier romanticismo le parecía cursi, en su vida aún más. Y, sin embargo, ese espacio lo había ocupado, efectivamente, una persona: Elizabeth.

Elizabeth estaría en esos instantes añorándolo como nunca, y lamentando su alejamiento. Ignoraban mutuamente sus actuales paraderos. Tenían seis meses de haberse separado tras seis años de noviazgo. Ambos se sentían igual pero no lo sabían. Pensaban que tal vez estarían mejor, y quizás iniciando una nueva aventura romántica, tal como la circunstancia lo sugería en ese cuarto de hotel.

Indagaron las causas y los efectos de sus historias hasta que, en la medida en la que la sangre irrigaba sus cabezas con el vino tinto, sus miradas se tornaban en exploradores en plena expedición, repasándose mutuamente como cuando se admira una obra de arte. ¿Cuánto arte hay en todo encuentro sensual y cuánta sensualidad hay en toda obra de arte, por no llamarle: instinto? Mucho más de lo que se suele pensar, mientras que artistas, críticos e investigadores argumentan cuantiosas parafernalias intelectuales y filosóficas. En esta ocasión, haciendo un gran esfuerzo, Eugenio evitó apasionarse con los temas profesionales, y decidió mejor navegar por donde pudiera tomar el mejor atajo hacia los besos. Nada como mirar sus labios fijamente hasta que ella lo sintió, lo apreció y lo correspondió. Al hacerlo, cual efecto gravitacional directamente proporcional al tiempo dedicado, la distancia entre ambas bocas se fue diluyendo hasta desaparecer. Un beso acababa de nacer.

Increíble que de pronto, en ese preciso instante, a ambos les pasara por la mente la misma cosa: mientras Eugenio pensó lo irónico de que ella y él podrían haber sido la misma persona si los planes de los abuelos se hubieran realizado, a ella se le ocurría decir:

—No estaríamos aquí si nuestros padres se hubieran casado.

Sorpresivamente, fue Leila la que rompió la magia con un tema ciertamente distractor.

—Qué guapa la Sambuca ¿verdad?

Hubiera sido mejor ni mencionarla, pues además de robarles aliento, sucumbió el romanticismo, con todo y erotismo. En Eugenio causaba un evidente disturbio, pero también en Leila pareció provocar algo. Envidia quizás. Entre mujeres vanidosas suele ser un resentimiento exacerbado. Si al menos no hubiera asentido a la pregunta, se lamentó Eugenio.

Tan incómodo resultó que de pronto se hizo un silencio sin salida. Fue la música de fondo y de lejos la que llenó el espacio. Era ese *Rag Time* del cine, pero incluyendo la voz de un maestro de ceremonias. Seguramente provenía del evento de inauguración del carnaval.

Se miraron a los ojos por un largo instante hasta que ambos pronunciaron:

—¿Vamos? Al fin, después podremos terminar lo que empezamos aquí.

Se levantaron y dejaron pronto el lugar. Lo dicho por Leila dejó esperanza a las frustradas expectativas que habían quedado en Eugenio.

Al cruzar el lobby pasaron frente a Macondo, quien les despidió amablemente preguntando si alcanzarían a los demás. Al parecer, Oribe y Saturnino y el séquito correspondiente, habían salido rumbo a los eventos del carnaval.

—Un momento, —les detuvo el conserje— no pueden ir así. —Y les extendió un par de antifaces carnavalescos—. Ahora sí, diviértanse sin moderación y tengan suerte en su consigna —les encomendó Macondo.

La corrida inaugural

José Saturnino, el funcionario, iba tan eufórico como su usual temperamento le predisponía. Hasta llegaba a creer que tras su antifaz se escondía su boluda identidad. Por supuesto, no quiso ir a pie, además del enorme esfuerzo que eso le produciría, se sentía mucho más seguro yendo en *jeep*. Era conocedor de las antiguas leyendas que rodeaban al pueblo, especialmente en tiempos de carnaval. Y, además, como en todo político, su conciencia no estaba del todo tranquila. El vehículo les dejó a las puertas del rodeo. Bajaron entre lo que, a su debida escala, ya podía sentirse como una multitud. Su gente les abrió paso entre los alegres pueblerinos y les condujo hasta un punto en el graderío de distancia idónea para la observación del ruedo.

De ámbitos y cunas distintas, Saturnino y Oribe parecían congeniar bien. Hasta podría decirse que en realidad estaban pasándola bastante bien juntos. Era evidente la gracia que a Oribe le provocaba la idiosincrasia del político de pueblo. Y también se notaba lo confortable que el funcionario se sentía al rozarse con los ricos provenientes de la ciudad.

Entre niños corriendo, gente riendo y jóvenes cantando, llegaron Leila y Eugenio. Llevaban la alegría contagiada y producida por un par de copas de vino. Parecía tiempo de dejar las preocupaciones a un lado y dejarse llevar por el festejo. Había mucho que ignoraban de la celebración, sólo sabían que era un festejo religioso en honor de la santa patrona del pueblo, pero ignoraban el porqué de los disfraces... y de la "consigna" a la que el conserje se refirió al despedirlos. Por lo pronto, la única consigna que tenían era la de pasar bien el rato.

Para cuando llegaron, la festividad había sido ya declarada oficialmente inaugurada, y en el ruedo se llevaban a cabo demostraciones ecuestres y suertes de charros con bestias de formidable estampa. El número final y central de la noche parecía ser una corrida de toros.

De lejos vieron a la comitiva del funcionario y del empresario en un privilegiado lugar dentro del graderío. A Eugenio le empezó a preocupar ser visto por su jefe en compañía de la que era, a todas luces, confidente y mujer confinada a su *harem*, por lo que se ubicó discretamente entre un grupo de altos sombrerudos.

Para lo escueto y simplón del pueblo, tanto el ruedo, como el puente, el monasterio y el hotel, a Eugenio le parecían formidables. Su redondez, en combinación con su altura, precisión y sencillez eran otra gran lección de proporción, construcción y diseño. La piedra con la que estaba hecho enteramente, obedecía a un acomodo exacto, en estratos, ritmos, delineación de bordes, dinteles, remates y repisones. Todas ellas, las piedras, en un rango de tamaño sensiblemente proporcional a la escala humana, ni muy grandes, ni muy pequeñas.

El olor a pulque comenzó a sentirse cada vez que un ensombrerado les pasaba cerca. Las máscaras eran muy creativas y coloridas, de variadas formas y temas pero predominando las de animales, sobresalían las de vacas, burros y toros. Algunos se preocupaban por llevar el atuendo completo. Claro que no faltaban los personajes importados de culturas muy ajenas. Sin embargo, había algo en la forma de ser portados que se adaptaban sin desentonar. Así había también entre los animalescos disfraces, algún *Darth Vader*, algún *Yoda* y hasta un *Batman*, sin duda muy singulares.

Al comenzar la corrida, Leila manifestó su repudio:

—No. Esto sí que no lo puedo disfrutar. ¿Me pregunto si terminarán matando al pobre toro?

Eugenio sabía del repudio que muchos pueden tenerle a la tradicional fiesta taurina. Él mismo la había repudiado con fervor hasta hace un tiempo. ¿Qué había pasado con él? ¿Se había desensibilizado ante la crueldad mundana? No es que le hubiera encontrado la belleza. Ni siquiera sentido o diversión pero, simplemente, ya no la repudiaba. Pensando en eso mientras observaba capotearse al toro, comprendía que su tolerancia se debía al acercamiento de la perspectiva naturalista, donde la condición salvaje del animal, tanto humana como taurina, sólo se recrea en un ritual cultural. En realidad, para él no había ya ni bien, ni mal. Más le molestaban las posturas idealistas y excesivamente inocentes, rayando en lo *naif*, incapaces de comprender la violencia intrínseca del ser vivo en un mundo singularmente perdido y sin sentido entre millones de estrellas sin rumbo conocido.

—Vamos fuera de aquí, por favor. —Suplicó Leila, interrumpiendo la reflexión de Eugenio, y empezó a tomar camino de salida, jalando a Eugenio de la mano.

Ya en el pasillo, caminaban escuchando los olés y los aplausos. La gente parecía estar disfrutando en grande la corrida, y tanto bestia como torero parecieron haber rebasado las expectativas del insignificante rincón perdido.

En su camino se toparon con una ventanilla donde se vendía cerveza. Eugenio le ofreció y Leila aceptó una clara. Estuvieron ahí un rato, sentados en el murete bajo de un vano para beberlas. Así, pudieron escuchar y sentir la euforia *in crescendo* que, por fin, acabó en una enorme ovación. Seguramente el matador había concluido la faena, y el toro había concluido su misión en este mundo. El gesto de Leila no se hizo esperar, reprobando la crueldad colectiva.

Estando tan cómodos, se quedaron ahí aún después de que había salido ya gran cantidad de gente satisfecha y regocijada ante la masacre taurina, como le llamó Leila. Al cabo de sus respectivos consumos, y con ánimos de caminar, emprendieron la partida, y fue cuando, frente a ellos, pasó la cuadrilla con el vencido arrastrado en una carreta. Incrédulos, se sorprendieron ante lo pequeño del bulto bajo la lona que lucía toda ensangrentada.

—¿Es ese el toro que tan grande se veía? —Preguntó Eugenio.

—No mi señor, la bestia venció. —Le respondió uno de ellos.

¿Qué es la vida sino un episodio de la gran nada? Pensó Eugenio. La resolución taurina les había dado mucho para hablar. Estaban sorprendidos, pero confundidos por no estar realmente afligidos o indignados ante la tragedia del torero, y el festejo de la concurrencia. Eso simplemente no podía ser legal, sin embargo, la esencia de la fiesta misma justificaba cualquiera de las sentencias resolutorias.

—¿Te has fijado que no se ve a la policía en este pueblo? —Observó Eugenio, y continuó— hay una inscripción en el monasterio donde, como si estuviera hablando de arte o política, dice que no hay espacio para una autoridad.

—¿Arte o política? —Cuestionó Leila.

—Sí. En arte resulta como en la democracia. En este mundo de hoy no hay lugar ya para una autoridad. Y si hay muchas, es como si no hubiera ninguna.

Cesaba por momentos mientras avanzaban, pero continuaba a intervalos con su elocución.

—Y en el arte, como en la arquitectura, es justo como en la democracia. Se trata de un diálogo que no admite esos argumentos de autoridad. ¿Me entiendes?

Con la mirada al piso del camino empedrado, Leila sólo le escuchaba.

—Hay un régimen en donde todo puede ser puesto en duda. Es un mundo que ya no acepta invocaciones de superioridad moral... representaciones de lo ultra terreno... o mensajes de los muertos.

—No, bueno. Quien no cree en Dios, no cree en nada. —Aseveró la devota dama.

—No exactamente. —Aclaró él, y continuó— claro, la mecánica de la autoridad depende de la sumisión a la fe de la tradición, basándose en el pasado, lo divino y lo sobrenatural. Pero pretender hoy reinstalar esa liga mística es regresar al tiempo de súbditos y majestad

—¿Y ahora resulta que la democracia más moderna se viene a dar en un pueblo como este? —Ironizó Leila.

Recordando el cónclave presenciado en el refectorio del monasterio, cuando fue interpelado por la sobrina de Fedra, Eugenio le compartió a Leila su sospecha:

—Hasta me pareció que ahí, en ausencia de la verdadera autoridad, se llevaba a cabo una especie de juicio popular donde se resolvería alguna querella.

Aunque pareciera de un contexto muy distinto, era justo lo que pensaba del arte y la arquitectura. Le parecía tan en vano todo intento por normar en cuanto al diseño y al arte, que a veces pensaba inútil todo lo leído y estudiado al respecto, a lo que había dedicado tanto tiempo. Finalmente, no había autoridad mayor que la inspiración y el reto propio de saber hasta dónde puede llegar la creatividad propia.

El mercado

Oribe, Saturnino, y las respectivas comitivas habían salido junto al gentío e, igualmente, estaban contagiados y confundidos por la euforia taurina. Incluso, la festividad había relajado al funcionario, que prefirió seguir a pie rumbo al mercado donde se dispondrían a tener una gran cena en alguno de los puestos de antojitos locales. Eso sí, no sin portar su máscara donde según él se escondía de los demás. Oribe, en cambio, estaba algo molesto puesto que, efectivamente, había notado la aparición y luego desaparición de la pareja furtiva formada por su favorita y el *empleaducho*. Increíblemente, sin justificada razón, el efecto de dominio que siente el "supuesto" macho alfa y líder de manada como se creía, le causó los infaustos celos que enloquecen. También llevaba su antifaz, aunque más para disimular su malestar que para esconder la identidad. La suerte de Eugenio estaba echándose a un designio impredecible.

Aunque por todos lados había gente, puestos y festejo, el grueso de los andantes se dirigía a donde estaban el mercado y el atrio de la parroquia. Ese parecía ser el centro de reunión. Los juegos mecánicos ambientaban el espacio como feria y toda clase de menjurjes se ofrecían en el mercado. En la calle apenas se po-

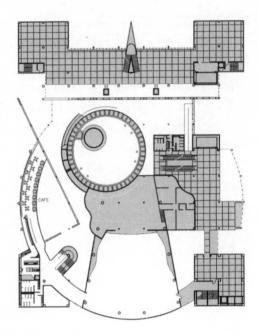

día caminar entre los puestos donde había todo tipo de baratijas, tanto artesanales de la región como industrializadas traídas desde China, como casi todo en esos días. El interior del mercado era más amplio y holgado, pues los puestos estaban en su sitio dejando libres las circulaciones que eran generosas. Era una intervención muy modesta pero exacta. Austera y funcional en su más amplio sentido. Había nula pretensión de sensacionalismo arquitectónico, pero gran y notable dedicación al detalle práctico que hacían del sitio una especie de mecanismo como de reloj con precisión atómica. Paradójicamente, gracias a los acentos en rojo del tabique horneado, no se abandonaba la sensación de lo tradicional, propio de un mercado, aunque de estética maquinista en su lugar, entre el gris del concreto aparente y el gris de la pintura protectora del acero.

Saturnino eligió su acostumbrado puesto, en donde comía garnachas y gorditas cada vez que venía al pueblo. Ocuparon todo el sitio que albergaba como a quince comensales. Ahí se acomodaron viendo pasar a toda clase de eufóricos disfrazados que conforme avanzaba la noche se mostraban más desaforados y locuaces. El funcionario no era la excepción. Ni el miedo, ni la larga fila que tenía, detenían su euforia natural. Su voz se escuchaba por sobre todas las demás, pero aún esa se dejó de oír cuando una hermosa mujer, de atuendo majestuoso como en combinación de danzante azteca y bailarina carioca, con antifaz dorado, un gran penacho de plumas multicolores, en pantalones abiertos, y diminuto *brassiere*, se paseó por enfrente de ellos. Todos, hasta Oribe, reconocieron a la escultural Sambuca.

Lo que vino después fue una ovación. Sambuca fue recibida por todos y, al final, por los que debían ser sus acompañantes para la noche del carnaval. Entre el barullo se alcanzó a escuchar:

—Al fin llega Sambuca y no Fedra.

Mientras Fedra vivía de día, Sambuca alumbraba las noches en una esquizofrénica doble personalidad. Desde el trágico incidente de su hermana, la mujer se aseguraba de no confundirse con nadie tras los disfraces. Y exhibir el cuerpo era lo más eficaz, ya que era inconfundiblemente particular.

Ante los forasteros provocó exclamaciones de asombro, pero en Oribe hizo un coctel de sentimientos, pues había desde asombro hasta vergüenza. Su peor parte sería la de no poder jactarse a todas sus anchas de haber dispuesto de sus favores sexuales. Lo había intentado, pagado con creces y tenido muy de cerca, pero la consumación, simplemente, se le había escapado vía la impotencia. Y eso era peor que nada. El asunto le provocaba una furia contenida que floreció más con el alcohol ingerido.

Al lugar entraban y salían todo tipo de personajes enmascarados. La visibilidad perdida con las máscaras suscitaba que la gente constantemente se rozara al pasar, pero sin provocar desavenencia alguna. Por una de las cuatro grandes aberturas, ingresaron al mercado Eugenio y Leila, como tentando al futuro con la posibilidad de ser vistos por el temido jefe y causar alguna, injustificada, represalia laboral. No sabían si allí estaría, o ya se habría ido a descansar, por lo que iban con cautela, echando una gran mirada por encima para verificarlo, aunque el gentío y el tamaño de muchos disfraces y adornos, lo hacían casi imposible.

El olor a fritanga venció sus temores y penetraron hasta encontrar un puesto con una mesa disponible donde se sentaron a comer y observar la festividad. Los locales estaban algunos escalones por arriba del nivel de la circulación por lo que la mirada hacia los transeúntes era panorámica. Poco después de hacer su pedido a las mujeres del anafre, por enfrente de ellos, se paseó un singular personaje con un grandioso y *elegante* disfraz de *elefante* quien, además, venía en compañía de un enorme Braco de Weimar en su típico color gris oscuro que contrasta con sus claros ojos. Llamaban la atención tanto por el disfraz como por la belleza del animal, que sin correa alguna caminaba a la par de su amo sin despegarse. La gente les hacía espacio a su paso, tanto para observarles bien como por temor al imponente can, cuya raza también se le conoce como fantasma de plata. La máscara del hombre aquel era fantástica, pues parecía, más bien, estar constituida por partes adheridas a su cara: la trompa, las orejas y los colmillos. Lo demás era maquillaje que entonaba su arrugada y barbada piel con el color de las partes postizas. Eso permitía ver a un hombre-elefante de edad avanzada pero no anciano. Delgado y alto, de huesos prominentes. Su cabellera corta pintada en gris como todo el disfraz, era cerrada de los lados aunque dejaba espacio vacío en la coronilla y en las entradas desde las sienes. Si su intención había sido pasar desapercibido por supuesto que no lo había logrado. Caminó por el centro del pasillo con paso majestuoso, suave y lento, sin distraer mucho la mirada, devolviendo sólo algunos breves saludos que tímidos y respetuosos le hicieron algunos. El andar del can era igualmente suave como el de su amo, pero parecía como en animación alentada en una especie de trote equino. La trompa del hombre elefante parecía tener también su animación propia. Sin estar solamente en balanceo, tenía movimiento natural gracias a una delgada y casi imperceptible varilla que sujetaba con la mano por un extremo, y atada a la trompa por el otro. Recorrió más trecho hacia el fondo y tomó asiento en una pequeña mesa del puesto que hacía contra esquina de donde estaba Sambuca. Lo supieron, pues fue ella la única que se dirigió hasta él específicamente para saludarle.

—Mira quien está ahí—señaló Leila en tono irónico.

Eugenio pensó que no debía parecerle extraño, ya que aunque había mucho visitante, se trataba de un pueblo muy pequeño como para no encontrarse unos con otros frecuentemente en el mismo evento. Aun así, no dejaba de ser notable la diferente sensación entre el despoblado lugar que había sido antes del carnaval, al engentado sitio de esa noche.

Miraban y miraban con atención a los que, sin duda, estelarizaban un papel predominante entre los disfraces, pero Leila en realidad se ocupaba de algo más importante...

—Bueno, aquí estaremos bien—dijo Leila.

—¿Por qué lo dices?

—Porque ya sé dónde está Oribe y no nos podrá ver aquí, mientras nadie se mueva.

Para Eugenio era importante pues siempre temía la reacción de Oribe, pero no entendía si la preocupación de Leila era la misma.

—¿Qué es lo que te preocupa de eso? ¿Temes reproches o represalias de su parte? —Le preguntó.

—Ah, sí claro. O peor. —Contestó ella.

—Pero, ¿por qué, si...? —Dijo Eugenio, obviando sin necesidad de completar la frase, y levantando la mano en señal de cuestionamiento.

—Sí, lo sé. No puede haber compromiso pero parece que no lo conoces bien...

Tal vez no lo conocería de la misma forma, y no dudaría nada de lo que le pudiera contar. Sin embargo, la duda le inquietaba. No debería haber posibilidad de que aquel mezquino hombre impusiera condiciones a la vida de una independiente mujer, pero no parecía ser así.

—Pues, francamente no te entiendo, Leila.

—Ya entenderás. —Respondió, una vez más en su ya conocido tono irónico, como ese de quien tiene un plan en marcha. Regresó su mirada hacia donde estaba lo más interesante. Hacia a aquel hombre elefante, su perro y Sambuca. Vaya trío de personajes, pensó. El hombre tomaba su alimento sin mayor necesidad que levantar la trompa, con su perro sentado a un lado que apacible esperaba a que su amo le tirara episódicamente lo suyo. Podía jurar haber visto que el hombre había dado alguna cosa de mano a mano a Sambuca cuando le saludó. Algo como un pequeño trozo de papel pues, justo después, ella se había alejado extendiéndolo para leerle.

Nuevamente, fue Leila quien hizo hincapié en Sambuca:

—Es impresionante esa mujer, ¡qué bárbara!

Eugenio no sabía ya cómo reaccionar ante ese asombro de Leila por Sambuca. Prefirió guardar silencio pues lo otro era confesarle su primera noche en el pueblo con ella. Y a como ocurría opuesto a Oribe, era algo que lo había tenido, más que molesto, avergonzado por la muy exitosa transacción sexo-mercantil. En eso, como invocada, vieron que esa mismísima mujer se les aproximaba inexorablemente, poniéndolos a ambos a temblar.

Una vez tras el murete divisorio entre local y pasillo, Sambuca se inclinó un poco y saludó cordialmente, pero como de costumbre, sin sonrisa. Ésa se la habían robado junto con su querida hermana. Procedió a mostrar algo estirando el brazo y preguntando:

—¿Es este usted? —Gritó desde ahí.

Entonces, Eugenio se acercó a ver de cerca, y además de reconocer el collar de plata que Oribe le había regalado colgado de su cuello, también vio las insignias de su nombre en el cartoncillo: *Eu Pali Nos*, que era la forma en que siempre abreviaba su nombre por una extraña razón ligada a su oficio. En realidad, sólo abreviaba Eugenio, ya que sus apellidos eran así de breves. Se trataba de la etiqueta de su equipaje, aquella que había dejado en la mesa de registro del hotel cuando habló con el padre Jero.

—¿Es usted Eupalinos? —Repitió Sambuca, y agregó—. Pensé que era Eugenio.

—No, no, no. Pero sí. —Titubeó— es que está abreviado. Esa era la etiqueta de mi equipaje de viaje en el autobús —explicó y luego preguntó— ¿por qué?

—Me pidieron que le entregara esto. —Y le extendió otro cartoncillo.

Era una tarjeta rígida pero frágil, hecha de un cartón color café crudo, casi corteza de árbol, en la que centrado tenía impreso: ARQUIFANTE. De inmediato encontró la relación y volteó a ver hacia el hombre con disfraz de elefante con su perro, y cayó en cuenta de quién sería el mismísimo *Arquifante*. Volteó la tarjeta y encontró que había un mensaje escrito a mano para él: «*Visíteme en la colina. Es importante.*»

—Pero cuándo, ¿ahora?

En eso, Leila se paró, tomó sus cosas y saliendo de ahí le dijo a Eugenio, en tono despectivo.

—Quédate con tu amiguita, Eugenio. Yo me voy de aquí.

—Espera Leila ¿Por qué te vas? —Le suplicó él, pero por más que trató, el ego de Leila había sido mancillado produciendo, inevitablemente, su indignada retirada.

—Pero si sólo atendí el llamado que me hicieron. No tenía idea... —Le decía inútilmente mientras la perseguía entre la gente, hasta que osó tomarla del brazo, provocando que Leila volteara e iracunda le exclamara en monosílabos:

—¡No-me-to-ques!

Eugenio paró de seguirle, y atónito ante la diva reacción, desistió. No tuvo remedio más que tras esperarse un momento, ir hacia donde Sambuca, quien estaba ya de vuelta entre los suyos. Ella, al verle perdido, le hizo señal de invitación, y entonces se acercó a la mujer por el lado desde donde Leila y Oribe no pudieran verle. También el hombre con disfraz de elefante y su perro estaban ahí solitarios, aún.

—Veo que su pareja se enojó, no se preocupe, suele pasar, ya se le pasará. —Le quiso tranquilizar Sambuca.

—No es mi pareja. —Aclaró él antes que nada, entrando y acomodándose en una silla junto a un gran buey, disfraz tras el cual se protegió de ser visto.

—Mejor que ella no se fue, es peligroso que ande sola por ahí. —Advirtió Sambuca al verla dirigirse hacia donde estaba Oribe.

—Platícame entonces. —Pidió él.

—¿Qué le platico? Ah sí —recordó ella— ¿quería saber por qué nunca me enamoro, verdad?

—Exacto, ¿podrías decirme?

—Bien. Pues... —titubeó hasta que dijo— hay algo en mí que no me lo permite.

—¡Qué curioso! —Exclamó quedamente Eugenio—. Es lo mismo que Leila me ha dicho de ella.

—¿Ah, sííí? —Preguntó ella, prolongando la i al tiempo que levantaba de reojo la mirada hacia donde debería estar Leila.

—Bueno, pues le propongo una apuesta, una apuesta de honor. —Se quitó el collar de plata y continuó:

—Tenga y dígale que lo consiguió para remendar su error y demostrarle su interés por ella. Si no acepta sus disculpas y se alegra con usted, le daré lo que quiera. Pero si lo hace... —se contuvo pensativa.

—Si lo hace ¿qué? —Preguntó impaciente él.

—Si lo hace, me dará lo que yo le pida.

Eugenio se quedó pensando, ¿qué podría pedirle que no pudiera comprar con ese collar? Por consiguiente, pensó que no debía ser cosa material.

—Trato hecho —dijo, y estrecharon sus manos en pacto solemne.

Eugenio sabía que no tenía qué perder, y estaba dispuesto a hacer cualquiera de las resoluciones. Su valoración fue una razón calculada, ya que perder algo por Sambuca no le supondría ninguna pérdida significativa, y ganar le traería algo muy significativo para él.

Laberinto

Octavio Zamudio despertó aún dolido pero curado de los piquetes y tapado sobre una cama limpia, de sábanas blancas. Estaba en lo que parecía estar confeccionado para ser una habitación pero dentro de una cueva. Una cueva con tendencia cuadrangular aunque con la irregularidad de una excavación en roca. No tenía ventanas que dejaran ver el exterior, pero tenía sendas aberturas por dos de sus cuatro lados que dejaban ver pasadizos que retorcían hacia distintas direcciones. Se iluminaba con cuatro quinqués de petróleo dentro de nichos cavados al centro de cada pared. Los pasadizos se iluminaban igual. La luz parecía nacer de los huecos. Se incorporó sobre la cama, misma que era un colchón sobre un basamento esculpido en la roca. El colchón, un tapete, una mesita de noche, un perchero y una cómoda con espejo, completaban la idea de habitación. Para no tener contacto palpable con el exterior, el lugar parecía bastante cómodo. Y al no tener puerta alguna, calmaba sus temores de encarcelamiento. Sin embargo, tendría que salir para sentirse verdaderamente libre y salvo. Estaba nada más en ropa interior y por ninguna parte se veía su demás ropa. Buscó en la cómoda, pero no encontró más que una Biblia como en los hoteles. Así, descalzo y en calzoncillos, se asomó por uno de los pasadizos aunque no alcanzó a ver más que una prolongación del pasadizo. Regresó e intentó por el otro lado para toparse con lo mismo y volvió a la habitación. No se atrevió a gritar por ayuda, temía que fuera contraproducente, así que tuvo que optar por internarse por alguno de los pasadizos, ¿qué tanto podrían prolongarse? Paso a paso, Octavio fue recorriéndolo primero con cautela pero al no llegar a ningún lado, fue apresurando el paso y disminuyéndose su paciencia hasta convertirse en desesperación. Comenzaba a sentir algo de claustrofobia. Ya corriendo, llegó hasta donde había otra habitación similar a la suya, pero con tres aberturas. Se asomó a las tres para comprobar que una de ellas conducía a un baño. Una taza de línea industrial, un tazón con grifo y una regadera arreglada y dispuesta rústicamente. Había jabones nuevos tanto en la regadera como en el lavabo, papel higiénico, una toalla y un bote de basura. Todo estaba limpio, como recién lavado.

Zamudio miró los muebles por varios segundos como pensando en hacer uso de ellos, pero el desconcierto le ganó y salió hacia los pasadizos en busca de la salida. Habría preferido el sucio y *monárquico* baño de Morquecho pero en el libre exterior, que en ese limpio cautiverio. Emprendió de nuevo la corrida por los pasadizos. Por momentos recorría prolongadas curvas que le dejaban ver hasta unos ocho metros adelante y de pronto llegaba a cerradas esquinas que parecían hacerle volver por donde había venido. Sin embargo, nunca pasó de nuevo por las habitaciones por las que había estado. Además del cambio de direcciones, los pasadizos tenían pendientes. A veces subía o bajaba suavemente por tramos largos y a veces lo hacía bruscamente en tramos muy cortos. A veces avanzaba mucho sin encontrar bifurcaciones y a veces se topaba con varias de ellas. Procuraba no tomar ningún camino que bajara, sino ir siempre hacia arriba, pero sin lograr hallar un patrón lógico. El camino que subía de pronto volvía a bajar. Exasperado, se detuvo a tomar aliento, pues se cansó de correr. Miró uno de los nichos con su quinqué iluminando en su interior. Todos eran cubos perfectos y tenían un nicho satélite idéntico pero mucho más pequeño a su lado izquierdo.

La luz del quinqué se colaba por un conducto entre ambos, de modo que también por el pequeño saliera luz. Se le acercó y lo tomó. Era el típico de cristal con el depósito abajo, mecha de tela dentro del mecanismo metálico y bombilla ensanchada al centro con grabados sobre el vidrio. Alguien debería pasar por ahí con alguna frecuencia para mantenerlos encendidos, o bien, para apagarlos, pensó. Eso le habría animado a seguir, sin embargo, su desesperación finalmente llegó al límite y expulsó el grito más fuerte que pudo. Sólo fue un ¡aahh!, profundo y grave que se absorbió pronto entre las paredes curvas. Por supuesto, sirvió de desahogo pues Octavio aflojó el cuerpo en un paso casi vencido. Esto es como el infierno, pensó mientras se sentaba exhausto en la orilla. Eso ha de ser, estoy muerto y estoy en el inframundo. Levantó la vista y miró el techo. Alzó la mano e hizo un ademán como si con ella cavara un hoyo en dirección al cielo. Sólo necesito ir hacia arriba para salir, pensó. Observando fijamente el techo, de pronto un centelleo le guiñó como estrella del cielo. Y volvía a hacerlo al ritmo de la danza de la flama del quinqué más cercano. Así quieto como estaba, comenzó a notar que no era el único centelleo. Pensó que estaba enloqueciendo pero volteó a mirar el muro que tenía a sus espaldas. Ahí había un brillo también. Pasó su mano y con las yemas descubrió una piedra brillante y lustrosa como la plata, y entonces exclamó lo más fuerte que pudo:

—¡Maldito Oribe!

El grito fue ininteligible pero despertó a Morquecho. Estaba también en una de esas habitaciones y en las mismas condiciones, sin su ropa. También estaba curado, aunque no de piquetes de abeja, sino de una intensa borrachera. Se tomó el agua que estaba en un vaso sobre la mesa de noche, y emprendió la misma historia de ratón en laberinto que su mentor. No tuvo mayor ni menor suerte. Tampoco halló la clave que conducía rápidamente al exterior. Bueno, ni sospecharon que podía existir tal clave. Deambuló mucho tiempo por el laberinto sin hallar salida.

Consignas

—Y.... ¿Tienes hoy consigna, Fedra? —Preguntó Eugenio, tanteando por si atinaba a la tradición.

—Todos tenemos alguna en esta vida ¿no es así? —Respondió, evadiéndose un poco—. Y por si no lo ha notado, hoy Fedra no está aquí. Luego preguntó:

—¿Hay sentido en esta vida sin consigna?

—No lo sé, supongo que no. —Dijo él.

—Sólo que fueras bestia o árbol. —Sentenció ella, para luego responder a la pregunta original—. Sí. En especial hoy tengo un par de consignas, aunque de una ya se ha hecho cargo el minotauro del laberinto.

Eugenio recordó de inmediato el mito griego del minotauro en el laberinto, aquel que era su favorito entre los varios que conocía, en donde por encargo del rey Minos, el genio inventor Dédalo había sido el arquitecto del laberinto de Creta para encerrar a su monstruoso hijo: el minotauro, para luego ser remitido ahí mismo por traicionar al rey cuando ayudó a escapar del laberinto a Teseo quien, por su parte, había asesinado al minotauro, y de donde, finalmente, salió gracias a que inventó unas alas que le hicieron volar a él y a su hijo Ícaro, que por imprudente y no seguir las instrucciones de su padre, voló tan cerca del sol que hizo que se derritiera la cera con la que se habían fabricado las alas, cayendo al mar para morir. ¿Cuál consigna tuvo Dédalo? ¿Y cuál Ícaro? El hijo de Minos, el minotauro, ¿tendría alguna, o eran sólo juguetes de los dioses del Olimpo?

Torero

Tras un poco de descanso y renovadas fuerzas alimentadas tanto por la ira de sentirse engañado como de la renaciente ambición de verse enriquecido con la plata descubierta, Zamudio reemprendió la búsqueda de la salida. De pronto, alcanzó a escuchar un ruido al frente. Cada vez le escuchaba más cerca. Pudo distinguir que se trataba del sonido de la muchedumbre en días de carnaval. Antes de vislumbrar la posible salida se topó con una silla y un perchero donde colgaban un disfraz y un antifaz. Y en el suelo, frente a la silla, descansaban un par de zapatillas. Pensó en lo perfecto que le venía eso para la ocasión cuando empezaba a sentir la fuerza determinista de una consigna. Alguien o algo se la estaba encomendando. Se vistió con prisa pero con trabajo, pues el atuendo era de su talla aunque muy ajustado. Por convencimiento o no, determinismo, o por oportunismo, los humanos hacemos cosas que entendemos como si estuvieran prescritas en un guion. Esa noche, su disfraz le haría ser un *torero* con antifaz.

Ya listo, Octavio Zamudio avanzó hacia el ruido y vio la luz del exterior. Estaba al final de una pendiente en ascenso pronunciado. Subió con algo de trabajo y sin poder ver bien, pues la intensa luz proveniente de reflectores en el exterior se lo impedía. Para cuando se puso de pie y levantó su mano para taparse de la luz, ya estaba un jinete de frente arrojándole una capa roja, y exclamando:

—¡Olé torero, bienvenido al ruedo! —Seguido de una gran ovación del público que lo recibía. Otra, que le esperaba también, era una enorme bestia negra de grandes pitones que, sin mediar más presentación, se dejó venir sobre de él. La gente exclamó emocionada: ¡Olé! al momento en que, instintivamente, el torero se libraba de la embestida. Octavio, tras su antifaz, buscó la manera de salir, pero no había forma de hacerlo. La gente lo animaba y ovacionaba. Al volverse, vio que el toro estaba por embestirlo de nuevo. Se apostó de frente y jadeando de terror y cansancio, se libró de una embestida más. Así transcurrieron varias donde hasta le hicieron sentirse como héroe taurino. Sin embargo, el toro picado del lomo estaba ya enfurecido hasta el límite. Y entonces fue que Octavio, ni como en la peor de sus pesadillas, había sentido tanto miedo. De frente al toro y con las miradas encontradas, se quedó en un pensamiento... El laberinto no era el infierno, era sólo el purgatorio del que había equivocado la salida. Y como en resignación, se paralizó. El ruido cesó en sus oídos, y la bestia pareció moverse lenta e inevitablemente hacia él. El pitón izquierdo le penetró por la ingle y describiendo tres trayectorias, le alcanzó hasta el hígado, levantándolo por los aires en tremenda cornada mortal.

Al caer y sentir la tierra al golpear su mejilla, sin perder aún la vista y la conciencia, vio que un novillero con antifaz se le acercaba al rostro. Se quitó la máscara y dejando ver que era el jefe de la comandancia, le dijo:

—Descanse en paz Don Octavio Zamudio. ¿Qué es la vida si no un episodio de la gran farsa?

Tras la fiesta el trabajo

Llegó la hora en que Oribe y compañía iniciaron su retirada. Se levantaron haciendo gran aspaviento pues el vino había corrido a chorros por sus copas y los ánimos se habían caldeado y exaltado lo suficiente como para olvidar discreciones. La incorporación de la guapa Leila había contribuido al éxtasis de la velada alimentando justo el momento *climático* de la noche. Oribe no podía sentirse más triunfal al tener junto de sí a tal mujer que despertaba todas las envidias de los presentes, incluyendo, especialmente, al gordo Saturnino que la miraba con lujuriosa admiración.

Se retiraban por donde estaban ellos, y se hacía imposible ocultarse de su vista, por lo que Eugenio abandonó esa intención y se quedó simplemente inmóvil. Oribe, de la mano de Leila, quiso hacer patente su posición tanto de jefe como de macho líder, y al pasar justo frente a ellos ordenó:

—Eugenio, te quiero mañana a las nueve en mi habitación. Trae el proyecto.

La cita de trabajo en domingo y tan temprano no le había caído nada bien pues había planeado cumplir con la tentadora invitación que el *Arquifante* le había hecho. No tenía mucho tiempo de haberse despedido de Sambuca y su grupo de amigos al pie de la colina. Ellos habrían ido tras sus consignas pero, por lo pronto, para él sólo había la consigna de presentarse a trabajar a las nueve de la mañana. Rodó su portafolio metálico por el pasillo hasta la habitación de Oribe, tendría que pasar frente a la puerta de la ofendida Leila. Sin mirar, intentó pasar de largo, pero se detuvo indeciso un momento y pensó en tocar para entregar el collar que le había dado Sambuca y así llevar a cabo el plan de la apuesta. Sin embargo, el ánimo decaído por la proximidad del encuentro con su fastidioso jefe le hacían sentir inseguro. Finalmente, decidió envolerlo en una nota donde le explicaría lo acordado con Sambuca y tocó a la puerta. La nota decía;

«Leila querida, perdona mi estupidez. No me di cuenta de lo desafortunada de mi conducta. Te pido que aceptes este obsequio en señal de mi más sincero arrepentimiento y demostración de afecto. Eu.Pali »

No podía haber sido más cursi, pero pensó que así cumplía con su parte. Después de esperar un poco escuchó la respuesta de Leila al llamado. Tras decirle que sólo le dejaría algo, se entreabrió un poco la puerta y se asomó la mano de la resentida mujer para recibir el envoltorio. Sin más palabras de por medio, se cerró la puerta de nuevo. Hay siempre en las mujeres que se saben muy bellas, este orgullo que tras cualquier ofensa, aunque sea leve, debe transcurrir todo un ritual para resanarse, como si la dignidad de la realeza entera estuviera en disputa. Levantó las cejas y miró hacia arriba como implorando paciencia y continuó su camino. No tuvo que tocar, pues como llevaba cinco minutos de retraso, Oribe abría ya la puerta cuando él estaba todavía a unos pasos de llegar. Por buena suerte, pensó, no le vio entregando la nota a Leila. O bueno, no estaría seguro de eso. Tal vez sí le había visto por la mirilla de la puerta y por eso la abría con anticipación.

—Buenos días ingeniero. —Saludó Eugenio.

—¿Traes el proyecto? —Y sin esperar respuesta, continuó:

—Ya quedé con el licenciado Saturnino, traerán a otro notario amigo suyo desde la capital del estado y por la tarde llega mi chofer con la reimpresión del contrato, pero debemos hacer los anexos con algunas modificaciones al proyecto que quiere Saturnino.

Se acomodaron en la mesa al interior de la habitación, frente a una cocineta con barra de mármol y abriendo un mapa del pueblo, continuó con su explicación…

—Saturnino me ha puesto otra condición. Quiere además un caserío de interés social para sus fines proselitistas en esta zona.

—Decía Oribe señalando con su dedo sobre el mapa donde estaba el panteón del monasterio— por lo que habrá que hacer un esquema de casa tipo, y un desplante de conjunto para ochenta y cinco unidades.

Cesó tan sólo un instante para agregar de manera impositiva y arrogante:

—Tienes hasta mañana que llegue el notario, a las nueve de la mañana y por favor, no salgas con tus tonterías idealistas de arquitecto frustrado, nada más queremos un cajón barato y fácil de replicar ochenta y cinco veces ¿entendido?

Y sin mediar medio segundo, su insolencia se soltó para advertir:

—Pero, ¿me has entendido o tengo que volver a explicarte? A ver, una casa tipo de apenas unos sesenta metros cuadrados y un conjunto con ochenta y cinco.

Repetía Oribe mientras anotaba la instrucción en el mapa, asegurándose de que no fuese mal entendida.

—Ponte a trabajar y así dejas de especular con ilusas fantasías. ¿Sabes Eugenio? Deberías escucharme más y hacer caso de lo que te digo.

Ahí iba otra vez. De la boca de Oribe empezaban a salir la clásica sarta de improperios que, según él, debían entenderse como sabios consejos, pero que no reparaban en cualquier oportunidad para sembrar el rencor, e intercalando siempre una retórica pregunta:

—¿O qué Eugenio? Ya estás grande, ¿piensas seguir siempre así?

No sabía ni de lo que le hablaba. Frecuentemente llegaba la ocasión en la que Eugenio dejaba de escuchar aquel discurso, en parte por tedio y en parte para evitar llegar a sentirse ofendido, y sólo asentía. A veces era muy evidente que nada más era condescendiente con lo que su jefe le decía, logrando encender aún más sus ánimos.

Lo intrigante era que cabía en Eugenio la remota sospecha de que esto era sólo una sucia artimaña para mantenerlo ocupado y alejado de Leila.

Ante el frustrado plan del día y la carga de trabajo, Eugenio suspiró repasando con la mirada los lados de aquella sobrada habitación. Allí estaban unos cuadros, algunos adornos sobre las mesas, una canasta con frutas y, de pronto, fijó su mirada en algo que estaba recargado en la pared: Una agraciada ballesta cargada y lista para usarse. Se quedó contemplando esa figura sin saber exactamente por qué. Le miraba, quizá, por su hechura, o quizá por su diseño. Dos cosas que cuando se conjuntan en grado armonioso suelen evocar la emoción y el deseo de contemplación. La recorrió con la mirada, parecía hecha con tal precisión que apostaría que fue una máquina quien la fabricó, pero bajo la directriz y supervisión de un sabio diseñador ingenioso, dedicado y meticuloso. Pudieron haber sido segundos, sin embargo, le parecieron largos minutos en los que únicamente escuchaba la voz de Oribe como un fondo sonoro. De vez en cuando, levantaba la mirada para verlo a los ojos y asentir para fingir que le escuchaba, pero regresaba su mirada al objeto. Tenía, además de una belleza formal, una finalidad de uso muy determinada y precisa. Eso la hacía más bella aún. No había desperdicio, cada elemento que le conformaba tenía una función específica, la cuerda, la tensión, el arco, el contrapeso, la mira, la culata, el gatillo, cada tornillo, cada pieza.

La consigna de Fedra

Esta vez era Sambuca la que se miraba en el reflejo. Ya sin disfraz ni antifaz y con la mirada perdida. Tal vez porque no era Sambuca sino Fedra. Tal vez porque eran Fedra y Sambuca frente a frente. Una era la ofendida, pero sólo la otra podría con la consigna. Recuerdo maldito, ¿a qué hora se les ocurrió intercambiar disfraces? Tanto Salma huía de su marido Ezequiel, como Sambuca del acosador incógnito. No parecía mala idea. Les confundirían hasta que descubiertas las identidades desistieran de su acoso, pero no contaron con la iracunda reacción del burlado acosador.

La blanca luz comenzó a penetrar reflejada por los limpios y claros muros del patio de su casa. Luego de un largo rato en su autocontemplación, viró hacia su lado izquierdo y salió rumbo al segundo día del carnaval. Las actividades diurnas se llevarían a cabo principalmente en la parroquia. La liturgia constituía el evento más importante de la mañana y por la tarde la visita al panteón. Raro, pero ella acudiría a la iglesia como todos los demás. No lo hacía con frecuencia pues a muchas, como a doña Montesinos, la madre del difunto Ezequiel, les parecía una blasfemia que una pecadora como Sambuca se presentara ahí. Sin embargo, parecía que en estas ocasiones de festividad tan significativa, todo era diferente. Era, sin duda, un tiempo de limpia y recuento. Una forma en la que el pueblo juzgaba, sentenciaba o perdonaba y olvidaba sus asuntos más severos y relevantes. Era como una vieja tradición vuelta ley, tácita y secreta, a la que todos estaban acostumbrados, allegados y predestinados sin que pudieran escapar.

Se vistió tan prudente que más que una feligresa parecía una monja. Una gran decisión debía tomar y la meditaría mientras se llevaban a cabo las ceremonias litúrgicas. Venían consigo el par de gemelos tomados de sus manos, no por seguridad, sino por afecto. Las calles de ese pueblo eran más para peatones y para el paso de los animales que vehiculares. Antes de que comenzara la liturgia, los niños se divirtieron en el atrio de la parroquia subiéndose a los juegos mecánicos que se habían instalado. Comieron algodones de azúcar y corrieron por la pendiente de la rampa hacia el claustro monacal. Fedra, como le llamaban fuera del oficio *non santo*, se colocó un velo negro y se introdujo junto al gran cortejo en la nave del templo parroquial. Las campanas ya habían dejado de replicar el aviso de inicio. Como muy pocas veces, se veía a los varones sin sus sombreros puestos. Ahí al fondo, en el altar, se apareció el padre Jero junto a algunos sacristanes y monjas, entre ellas Matilde. Y al tono de las primeras oraciones, Fedra se sumió en su pensamiento. No había mejor ocasión y lugar para la reflexión que durante el oficio religioso, cual devota rezadora, tal y como todos lo hacían. Inclusive, lo común era que lo hicieran con la asistencia de un carrujo que pasaba como cualquier otro cigarrillo y cuyo olor se embrollaba con el del incienso. ¿Era esto algo nuevo o ya una viaja tradición?

¿Olvidar o vengar? Esa era la cuestión, parafraseando el clásico. El oficio concluyó y el rebaño se acumuló nuevamente entre el nártex y el atrio. Algunos acudieron al confesionario, Fedra entre ellos. Los niños seguían retozando libres y contentos entre los puestos y juegos, ignorantes de la sombra que a su tía le pesaba esa mañana. De entre las muchas correteadas que se dieron por el atrio, de repente una señora les detuvo con un par de paquetes gigantes de alegrías para ellos. Era la abuela Montesinos que desde la muerte de sus padres no se les había acercado para nada. De sus ojos, inundados, *sendas* lágrimas recorrieron su arrugado rostro mientras les decía con cariño:

—Tomen, hermosos, para que tengan mucha alegría y la compartan con su tía.

Llegó el turno de Fedra al confesionario. Se hincó, levantó un poco el velo y dijo:

—Hola padre, me acuso de haber pecado…

El padre Jero le reconoció de inmediato. Le saludó y atendió como a todos los fieles. Fornicación era su pecado más grave, tanto por frecuencia como por usarle de oficio. La penitencia le pareció bastante leve para lo que se temía, y lo que había sido la última vez en la que había tenido que utilizar buena parte de su tiempo en asistencias comunitarias en el hospital. ¿Qué más ayuda comunitaria que la que hacía con su oficio? Se cuestionaron ella y el padre en aquella última ocasión.

Terminado el protocolo de la confesión, pero antes de despedirse, Fedra preguntó:

—¿Qué hacer padre?… Ahora siento que podría perdonar.

—No es a ellos, Fedra. A ti es a quién debes perdonar, porque nada ha sido culpa tuya.

Pocas palabras, pero convincentes. Una u otra cosa, pero ya no tenía dudas, haría lo que tenía que hacer. Los infiernos del pueblo habían tocado su vida cuando era apenas muy joven. Borroso e impreciso vivía en algún lugar de su memoria, tratando, inútilmente, de olvidarle por siempre. A pesar de no recrear los rostros perdidos en la oscuridad, eran las imágenes sonoras y hediondas las que la mantenían consciente de la existencia de ese pasado con el que había tenido que vivir.

Salió al fin a la intensa luz de medio día, donde sus sobrinos disfrutaban del amaranto endulzado que la abuela les había regalado. Al verle, le ofrecieron con entusiasmo.

Aquello era simplemente mucho. Eran dos paquetes de alegrías que les durarían semanas. Por igual estaba agradecida, aunque extrañada por la nueva actitud de la señora Montesinos. Decidieron compartir las alegrías con quien se les presentara, del mismo modo en que lo había hecho la abuela. Aunque fuera sólo simbólico, compartir alegrías era de lo más sublime en aquella mañana de decisiones importantes.

Caminando Fedra y sus sobrinos a través de la bulliciosa calle, de regreso hacia su casa se encontraron con el grupo de aristocráticos visitantes conformado por el grueso funcionario, el menudo empresario, y la exuberante licenciada, entre otros. Era la calle de la panadería, por lo que había también un sugestivo aroma que abría el apetito. Las miradas se encontraron y causaron nerviosismo, y ante la imposible evasiva al toparse tan de cerca y cercados por el gentío, se tuvieron que saludar mutuamente. El más perturbado era, sin duda, Oribe, pero aún en su recatado atuendo, la Sambuca personificada en Fedra, trastornaba las conciencias a través de su enigmática mirada. Inexplicable, aunque las miradas más curiosas eran las surgidas entre Leila y Fedra. Envidia, celos, temor, no sabría definirlas, sin embargo, se buscaban como espías y se descubrían siempre *in fraganti*. También le miraron la bolsa en sus manos, y, al darse cuenta, Fedra ofreció alegrías a los presentes. Acababa de comprar una docena de piezas de pan en la panadería, pero José Saturnino no titubeó en aceptar una y llevarla de inmediato a su boca. Agradeció y celebró airadamente como era propio de su carácter jocoso y comediante. Alabó el sabor del dulce, provocando que Fedra le ofreciera un paquete con varios cubos de alegrías. Saturnino ofreció pagarle pero Fedra se negó, aludiendo a la festividad. En eso estaban cuando, de pronto, sintieron que el gentío había disminuido y que el restante se orillaba hacia los lados, abriendo el paso por donde no muy lejos venía caminando lo que parecía ser un muerto caminante, o un borracho en cruda mañana. También se hizo un poco de silencio. La comitiva, incluyendo a Fedra, le miró con extrañeza, hasta que Saturnino le reconoció.

Un muerto en vida

—¡Morquecho! Pero ¿dónde te has metido, hombre de Dios?

Por su aspecto parecía haber vagabundeado por días, y es que el agotamiento emocional era lo que le tenía así, producido por deambular toda la noche descubriendo presagios. Se detuvo a unos pasos y, con aparente temor, miró a Fedra, quien hizo lo mismo, pero más bien con rencor. Continuó su paso y una vez que estuvo lo suficientemente cerca de Saturnino, le dijo:

—Señor, tengo que hablar con usted en privado.

Entonces el funcionario le tomó del brazo y haciendo un ademán para que la comitiva no se preocupara, lo llevó hasta el paramento opuesto de la calle. Allí en la sombra de un gran muro de adobe de cal descascarada, Morquecho extrajo de su pantalón un trozo de periódico arrugado y avejentado. Era un recorte en el que el titular decía «*Desaparecido funcionario aparece muerto.*»

—¿Tú has escrito esto? —Preguntó el funcionario.

—No. Aún no...

—¿Cómo que aún no? —Explícate por favor — exigió Saturnino.

—Mire la fecha. —Le señaló.

—¿Y esto?... ¿Qué significa esto Morquecho? —Preguntó.

La fecha indicaba tener casi un mes de distancia, pero hacia adelante en el tiempo. Y el artículo estaba firmado por Antonio, Antonio Morquecho.

Estaba diciendo esto cuando la paranoia le regresó gradualmente. Miró alrededor y se percató de un grupo de campesinos ensombrerados que parecían mirarle desde el otro lado, haciendo que los nervios empezaran a hacerlo temblar.

—Calla y vámonos, Morquecho, vámonos de aquí.

Y procedieron a resguardarse entre los demás para continuar hacia la parroquia donde se sentarían a tomar café en el Copacabana. El café no es bueno para la paranoia, y la compañía de Oribe y Leila tampoco, pero tanto *sombrerudopatarajada* en el pueblo era, definitivamente, fatal para Saturnino. Se despidieron, unos de Fedra y otros de Sambuca quien, por su parte, no perdonó una severa mirada dedicada a Morquecho. ¿Será cierto todo eso que se dice del perdón? ¿Será que no esperaría más carnavales redentores con la oportunidad de venganza? ¿Regresarían las dudas y tormentos?

Tras el sufrido café en el Copacabana, Saturnino fue abandonado por la escolta formada por su comitiva alarmándose más, pues el miedo se le había vuelto incontenible. En toda esquina veía a sospechosos ensombrerados que parecían hacer guardia a su paso. Era una especie de policía o ejército uniformado de campesinos. Muchos portaban un fuete y otros una vara que les hacía lucir como si cargaran con un fusil. Conforme emergía la tarde surgían, nuevamente, los disfraces de carnaval, pero esta vez iban rumbo al panteón. Lo que estaba en el sentido opuesto a cómo iban ellos. En eso, pasando una bocacalle flanqueada por estos campesinos, se apareció la figura de ese hombre disfrazado con su trompa de elefante, grandes orejas, colmillos y su gran perro gris.

Al verles, el hombre levantó su bastón en señal de alto, pero sólo consiguió que Saturnino se meara del susto, apresurando a Morquecho para llegar hasta su casa donde estaría seguro. Avanzados en la calle, voltearon para constatar que, primero el perro y luego el extraño monstruo, les venían siguiendo.

Prácticamente corriendo a velocidad de tortuga, llegaron a la casa y, tras quitar los tres candados como en la canción, más el seguro, entraron para volver a cerrar con todos los candados y seguros. Tras aguardar un momento que les sirvió de descanso, vieron con horror tras el traslúcido cristal de la puerta, que aquel hombre elefante se apostaba frente a ellos con su perro. No tocaba, únicamente estaba ahí. Volteaba hacia un lado y hacia otro como en espera de alguien. Y así fue que tras unos minutos llegó alguien más, a quien en siluetas de sombras tras la puerta pudieron reconocer fácilmente, pues su figura era inconfundible. Debía ser Sambuca.

Vieron como si intercambiaran una tranquila conversación y al cabo de unos minutos, ella se acercó y llamó a la puerta: toc, toc, toc.

El miedo de Saturnino era incontenible, no sabía qué hacer. Morquecho le llevó hacia la cocina y a señas le dijo que esperara ahí. Se armó de valor, y salió a atender el llamado. Era quizás, el llamado a su muerte en manos de su víctima de antaño, misma y única mujer a la que había deseado con toda su alma. Sólo por eso podría resignarse a la muerte, por lo que regresó con Saturnino y buscó dónde esconderle. Al revisar el sitio nada más vio las muchas puertas de gavetas y espacios de guardado. Abrió un par de ellas y reacomodando ollas de peltre, de barro y anafres en otros lugares, se inclinó para medir el espacio adentro. Le dijo que se pusiera a gatas y de espaldas se fuera introduciendo hacia atrás, poco a poco. Estaba muy justo, pero el miedo le hizo intentarlo sin pensarlo mucho. Gran parte quedaba afuera, sin embargo, Morquecho le empujó y como embutido fue cediendo hasta que pudo cerrar ambas puertas y quedar oculto. Su enorme y redondo cuerpo estaba moldeado al espacio cúbico de una alacena, casi toda su superficie dorsal quedó en contacto con las paredes del hueco. No tardó en darse cuenta de que para salir de ahí necesitaría mucha ayuda, pero Morquecho había salido ya para enfrentar lo que posiblemente no tenía regreso.

Inspiración

Exacto. No había mayor tentación que implicar el diseño de la *casa beta* en la tarea que Oribe le había encargado. El programa se ajustaba tan bien a la encomienda que puso manos a la obra. Quizás era desoír las advertencias magnánimas de su jefe. Quizás era esa necedad por buscar una pequeña victoria que salvara por lo menos el día, pero Eugenio tomó el riesgo.

Oribe tendría su conjunto y prototipo para los efectos del contrato, y él tendría el diseño que tanto había perseguido. Algo le decía que las ideas soplarían en la dirección adecuada, con certeza y fluidez. La excusa alivió de pronto y de tajo el fastidio que la tarea había causado en un principio. No empezaba de cero. En realidad nunca se empieza de cero. Siempre hay una preconcepción, en imagen mental, visual, literaria o impresa en las emociones, pero siempre hay un jalón que sirve de empujón. Principio es fin, y viceversa, en sucesión infinita.

Hasta dónde llegaría su osadía que empezó por emplazar el desarrollo río arriba, y no en los terrenos del panteón y monasterio como se le había instruido, para luego olvidarse de la *ortogonalidad* de las urbanidades en cuadras. Sin trazo vial que le restringiera, deslizó el lápiz en cinco rectas que constituyeron la totalidad del programa para la casa: estancia, comedor, cocina, dos recámaras, dos baños, área de lavado, patio de tendido y hasta un solar, pues conformaba un ángulo que, aunque irregular, flanqueaba un área abierta que sería ese pulmón vital exterior, extra-programa, que ampliaría los interiores y bañaría de luz, aire y paisaje, en la interacción adentro y afuera. Al mínimo pero sumándose entre sí, las actividades quedaban albergadas por espacios suficientes, evitando la asfixia de la vivienda mínima convencional.

La célula estaba lista. Procedió a aplicar la mitosis como si los módulos fueran células que se dividieran en copias de sí, expandiendo su ADN a lo largo y ancho de la ladera. Sus esquemas describían la vista superior y el perfil de la ladera. En ambos se hacía patente el símil con una metástasis biológica, que le hacía mucho ruido al poner su disciplina como uno de los principales mecanismos del cáncer que sufre la madre Tierra, y al arquitecto como el virus, o parásito cualquiera, a cargo de la catástrofe.

En ese lapso, corto en realidad, sintió el flujo de varias historias pasar frente a sí en su imaginación, e hizo conciencia de ello y lo peculiar que resultaba ser en todos y cada uno de sus esfuerzos creativos que hacía al proyectar. Empezando por la historia de su tío Tano, a quien imaginaba habitando su creación. Su vida, su cotidianidad diáfana y escueta, llena sólo de lecturas conspiratorias, rebeldes, *marxista—leninistas*, *socialistas*, rojillas. Y otras muchas de pesimismo *existencialista*, *kafkianos* y *sartrianismos* estridentes. Lleno también de esperanza frustrada y fracaso resignado con la extraña capacidad de disfrutar al máximo el mínimo rocío de alegría otorgado por sus hijos, donde la mayor, apenas a sus quince, le había dado ya un nieto. Esta historia humana en yuxtaposición con la historia geométrica de un cáncer visto al microscopio donde las células en metástasis empezaban a invadir la fértil ladera de los cerros morelenses. Las lecciones y ejemplo histórico de los metabolistas del Japón o *Yona Friedman* y su *Team 10*, a quienes había aprendido tanto a criticar como a respetar desde sus días en la facultad. Y, por último, la fortuita historia que traía a un ajeno creador para encargarse de diseñar una buena fracción de un ajeno pueblo tan pintorescamente insignificante que, a pesar de todo, le inspiraba tanto, con sus construcciones y sensaciones espaciales. ¿Qué tenían que ver todas esas historias entre sí, con el pueblo y con su gente? Nada y todo, como quiera verse. Lo habrá de tener a partir de su intervención, como en cada una de todas las intervenciones arquitectónicas que se materializan pasando a ser parte de los pueblos, de las ciudades y de la gente, creando, además, una historia más en la asociación eterna con el autor, y el permiso a trascender su tiempo. Un pedazo de sí y su corazón en ofrenda mística, vertido en pro de la belleza del lugar. Las obras son en sí una amalgama de historias diversas que el autor ensambla con algún pretexto solamente, y que a veces sí, a veces no, sin ser realmente importante, alcanzan a ser leídas fieles a las pretensiones del autor. Ahí mismo, dentro de aquella generosa habitación, en cuyo ventanal se dibujaba la densa selva que acompaña siempre a la ribera de un abundante río, podía sentir esa conexión mágica con el creador, el creador del hotel como si fuera un dios.

Reinaba la típica calma que antecede a las tormentas, en este caso en forma de carnavalesco aquelarre, ya que según la tradición, aquella segunda y última noche, se iniciaba en el panteón y se expandía por todos lados en el clímax de la celebración. La luz y el viento que entraban por el ventanal abierto de la terraza iluminada por un par de luminarias tipo farol, hacían que la experiencia espacial se volviera más pequeña, encerrándolo en una burbuja de luz al centro, rodeada por muros de penumbra. Al mismo tiempo, al borrarse los muros en la penumbra, podía expandirse la sensación espacial hasta el infinito. Son esos efectos que la forma construida provoca en nosotros alterando la conciencia a través de los sentidos sin necesidad de estupefacientes pero de manera equivalente. Eugenio, definitivamente, había entrado en un trance sensorial que, a su vez, era un estado convenientemente creativo. Tan ensimismado estaba que no había notado que alguien había entrado en la habitación y que desde atrás de su hombro, miraba el plano sobre del cual deslizaba la escuadra y el lápiz. Sí, ese par de arcaicos instrumentos que parecían estar desapareciendo a cambio de teclados, punteros, tabletas, pantallas táctiles y otros. Sabía bien que tendría después que digitalizar o capturar el trabajo pero últimamente trabajaba a mano, como se dice a pesar de mediar instrumentos, tenía la impresión de no estar creando en forma nueva. Le retumbaba siempre en los oídos la sentencia *mclujaniana* "el medio es el mensaje". ¿Qué, cómo y cuán distinta es la creación mediando con unos u otros medios, o éstos se convierten en el fin? Se preguntaba mientras se convencía de que la creatividad consistía en el arte de ligar historias diversas, inconexas y divergentes a un sólo argumento estimulante.

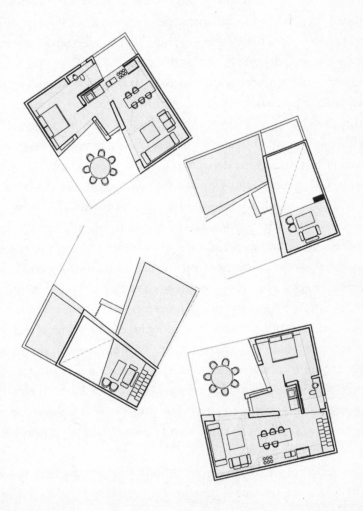

Evento desafortunado

—¡¿Pero qué estás haciendo?! —Interrumpió Oribe, haciendo desvanecer todo aquel encantamiento que había reinado en el lugar. Desplazándolo sin cortesía alguna, el ingenierito tomó el plano —que podría ser un bonito cuadro— donde, de manera ordenada, se disponían una serie de ideas en diversas escalas y vistas alrededor del dibujo en vista de conjunto, mismo que se emplazaba en otro sitio, y no en donde lo había ordenado el señor jefecito. De mecha corta, pero muy corta, hasta el color le cambió pues sabía lo que le venía, y en una extraña regresión hacia el trance del que le había sacado, sus oídos se bloquearon y sólo vio el desaforado movimiento de su boca. Desaforadamente diciendo improperios, típicos de su inmunda calaña, que eran los mismos de siempre, ya que ni siquiera para eso tenía imaginación, el hombrecito aquel. Sin oírle, observaba con serenidad las manos aleteando, y los gestos deformar su ya de por sí horrible rostro cuando, de pronto, por alguna intuición pensó que debía escuchar lo que estaba a punto de decirle. Desafortunado momento pues no hizo más que igualarlo en condición, provocando que unas cuantas palabras prendieran una olvidada mecha que resultó más corta, veloz y enérgica. Sin mediar pensamiento o reflexión alguna, se echó a andar el mecanismo exacto para que el conjunto de músculos, huesos y articulaciones necesarias se movieran y su puño se incrustara con fuerza inaudita en el pómulo izquierdo del cacarizo rostro de su repudiado jefe. En una sucesión de hechos mágicamente concatenados uno tras otro, Eugenio fue viendo, como si fuera en cámara lenta, la caída de Oribe hacia su espalda, levantando sus brazos en cuyo viaje por encontrar asidero, se toparon con la ballesta recargada en la pared. Ésta se apuntó hacia su cuerpo y el gatillo se activó, disparándose la flecha que vio atravesarle por mitad y salir volando por la ventana llevando un hilo de sangre al surcar el espacio.

Eugenio se inclinó sobre el infeliz hombrecillo, dándose cuenta de la gravedad del asunto. No sólo por la accidental añadidura a su golpe, sino por la fatal voltereta que acababa de dar a su vida entera con su acción. Tanto lo había ensoñado que no pudo diferenciar entre realidad y sueño y, como en automático, sin verdadera voluntad, se llevó a cabo materializándose en aquel paraje sin igual. No no no puede ser, se decía y se preguntaba cómo había sido eso posible. Pensó hasta en una posesión diabólica, extrañándose de la indescriptible irracionalidad de su reacción aunque más irracional le pareciese la explicación satánica. Si tan sólo Oribe se hubiera abstenido de pronunciar esas palabras, o si él se hubiera abstraído lo suficiente para no escucharles. Era aquel trance tan fuerte y profundo en el que había estado, que había logrado sacar el *Mr. Hyde* del *Dr. Jekyll*. En esos instantes en los que se dedica a la creación, así mismo se sentía como *"el creador"*, con permiso para todo. Y si no, podría por lo menos en Dios creer, lo que en estado normal no podía hacer. Lo lamentaba, pues ser un místico como Barragán entre otros, nunca podría serlo para entregarse ciegamente al misterio. Y, sin embargo, podría hacerlo y con singular entusiasmo, por la nada; los nihilismos budistas, nirvana de la filosofía y religión zen, así como también de los nihilismos y abstracción de los movimientos existencialistas.

Inclinado sobre el inerte y ensangrentado Oribe fue como Leila le encontró al entrar. Se vieron las caras y la mueca de horror en la de ella fue por demás incriminatoria. Los gritos y su escape se dieron a la par. Eugenio salió por la ventana en un segundo impulso irracional, arrojándose hacia una escalada poco adecuada para su inexperta habilidad en alpinismo. No obstante, el instinto le llevó a tierra firme donde se disponía a continuar la huida hasta que la cordura regresó a sí. No podía hacer eso, él no era así. Todo había sido un accidente, un error fatal que habría de aceptar y remendar por la vía racional, como casi todo en su vida. Fue cuando regresó al hotel y entró por el lobby en donde se encontró con Macondo. El retorno le tomó un tiempo en el que por alguna extraña y afortunada situación, parece haber coincidido con el intento frustrado de un robo en su habitación. Macondo y otros que fungieron como el equipo de seguridad del hotel, le informaron del caso y de la recuperación de sus pertenencias. Fue entonces que, como un verdadero enigma, Leila pasó frente a sus narices sin siquiera notarlo, como si fuera un fantasma invisible.

Los rituales del carnaval

Después de revisar sus pertenencias recuperadas, incluyendo la misiva que hacía referencia a *"lo intangible a través de lo tangible"*, Eugenio sintió que debía alcanzar a Leila. Quizá su deliberada indiferencia fue una forma de *ayuda* al no querer incriminarlo ante el jefe de la comandancia. Debía, por lo menos, agradecer la intención, si es que la hubo. Salió corriendo en vano por el gran portal, donde sólo el lejano sonido del bullicio carnavalesco competía con el de los grillos y el caudaloso río. Vio que no habría transporte que le ayudara a alcanzar a Leila. Nada más encontró a un campesino junto a la puerta, cuyo gran sombrero cubría con sombra el rostro. Éste le había visto y adivinando su situación se levantó y, pronunciando algunos gemidos, le hizo ademanes señalando hacia la sombra de un enorme árbol en donde había una gran bestia amarrada. Un elefante.

—Venga. Trepe y lo llevo. —Le ofreció el lugareño— iremos más rápido que a pie.

Acceder y trepar sobre la bestia para intentar alcanzar a Leila fue la locura más excitante que jamás hubo realizado. Bueno, sólo después de golpear a Oribe. La velocidad y cadencia del avance eran únicas. Se sintió en otro país y continente, en la India o en África. No sabía si lo hacía por dejarse llevar por el maremágnum de las circunstancias, o por verdadera astucia de aclarar el infortunio con Oribe. O, simplemente, por la tentadora evasión de su real y apremiante circunstancia.

No es que un elefante sea veloz, es que sus zancadas son grandes. De un paso recorre varios metros, además de su fuerza para ir en subida. Pasaron el puente grande y sintió que poco faltó para volar. Se internaron por la vereda entre los árboles cuyas frondas podía acariciar. Al poco tiempo, se encontraron divisando la colina con la fortaleza en la cumbre. Y al pie de ésta, al gentío: enmascarados, iluminados con velas, haciendo procesiones grupales y recitando apasionadas oraciones diversas. Rituales que se entremezclaban provocando una gran bulla. Otros muchos, los pequeños y menos solemnes, corrían y jugaban descalzos sobre el empedrado. Unos entraban y otros salían del cementerio por la abertura en la muralla.

El jinete conductor de elefante le señaló, no tan lejos, un taxi donde seguramente iba Leila, que doblaba en la esquina con la avenida principal en dirección a la salida del pueblo.

—Se han *pelao*. —Le dijo.

Se ha ido, tradujo mentalmente Eugenio. Efectivamente, alcanzarla en elefante sería imposible. Sacó su celular, recién hurtado y recuperado, e intentó marcar, pero la señal en ese lugar era muy defectuosa. No lo logró. Sin saber qué hacer y presintiendo que la partida sería inminente, miró hacia el gentío a su alrededor y al interior de la muralla. Leila se había ido, y siendo testigo del incidente seguramente levantaría una denuncia ante la autoridad que él tendría que apelar con su versión de los hechos. La real. Se dio cuenta de que se había convertido en centro de atracción, pues los elefantes, y los jinetes de elefantes no eran precisamente de lo más común. En especial los niños les rodeaban, gritaban y miraban con furor y curiosidad. Entre ellos, pudo distinguir a los pequeños Juanes. Juan y Juana, los sobrinos de Fedra. Asumió que ella debía andar por ahí, así que miró alrededor hasta que, efectivamente, de entre tentativos disfraces de reyes, jeques y vikingos, la vio. Se vieron.

—Aquí me bajo, señor. Gracias.

Le agradeció al jinete de elefante y bajó por el costado, no sin admirarse de la monumentalidad del noble animal. Se despidió con una palmada en su arrugada piel y se dirigió hacia Fedra. Justo cuando temió perderla entre el gentío se topó con ella. Estaba recibiendo una jícara llena con un brebaje parecido al que le vio beber a la pitonisa mujer del oráculo panificador. Seguro lo era, pues era ella misma, la pitonisa, quien se lo servía a todo el que se acercara por la puerta arreglada en que se había convertido la abertura de la muralla. Al verlo, ambas, la pitonisa y Fedra le ofrecieron una jícara rebosante del líquido aquel. Lo recibió agradecido cuando miró a Fedra dar un profundo trago, y limpiar su boca con el antebrazo, pareciendo que se transformaba en Sambuca. Alcanzó a ver algo de resignación en sus ojos, como cuando se debe aceptar lo ineludible de un hecho consumado, del que no hay vuelta atrás. Acto seguido, Fedra, ahora Sambuca, le tomó de la mano y emprendió su procesión hacia el panteón. Eugenio se dejó llevar, pero no sin algo de consternación. Bebió del brebaje sólo porque se sintió protegido por la fuerza que le inspiraba Sambuca.

—¿A dónde vamos? —Preguntó él.

—Vamos a visitar a nuestros muertos. A pedirles perdón y a honrarlos con la ofrenda de nuestra consigna. —Le aclaró solemnemente Fedra, y caminaron hasta un apartado lugar del campo santo en donde estaba solitaria una lápida con el nombre de su hermana Salma. Ahí entre las sombras danzantes que provocaban las veladoras estaba únicamente la imponente figura del hombre del clero, el padre Jerónimo. Sin pronunciar palabra alguna, se dispusieron a su lado, mirando la fría y austera piedra que yacía acostada en la hierba. Sambuca sacó una capota roja muy bien doblada de un canasto que llevaba y la colocó sobre la lápida y, sobre de ella, una rosa blanca. Habrá transcurrido un largo rato, o al menos así lo sintió Eugenio que tras los efectos de la bebida no podría precisar si era nada más una impresión ficticia. En todo ese tiempo, no le escuchó ni una palabra al padre Jero, ni después. En cambio, Sambuca había sido generosa con él, explicando el porqué de la capota roja de torero y la rosa blanca. Se trataba de un perdón a cambio de una consigna. De alguna manera injusta, el perdón era a veces el sustituto de la consigna. Y, sin precisar a los sujetos de una y otra historia, o la misma en continuación, acabó contándole que también se ocupó durante el día de hacer llegar un importante mensaje al joven periodista Antonio Morquecho. Su mentor había dejado una nota en la que suponía la proximidad de su final y a modo de testamento dejaba todo lo que tenía, incluyendo la patria potestad de una niña de nueve años, a su protegido. Este era Morquecho, quien debería acudir cuanto antes a la cabecera municipal, residencia del notario Zamudio, para recibir la encomienda. Morquecho había tenido que salir del pueblo inmediatamente y atender asuntos legales que le llevarían mucho tiempo. Tiempo después se supo que en su casa fue encontrado el cuerpo sin vida del desaparecido Saturnino. Parece que bajo un inexplicable delirio paranoico, se escondió quedando atrapado sin que nadie se hubiera dado cuenta. Las *alegrías* de dulce que había recibido de Fedra, habían servido de pegamento atorando al hombre en su escondite. El hombre parece haber muerto de inanición bajo la única persecución de su propio sentimiento de culpa. ¡Qué tontería!

No se había percatado, pero varios se les habían unido ya en ese solemne ritual. A su derecha, un poco atrás, estaban dos señoras grandes vestidas de negro y con velo. Alguien más atrás de ambas, sujetando su sombrero entre sus manos por haber descubierto respetuosamente su cabeza. A su izquierda y al otro lado del padre Jero estaba la monja que conoció en el monasterio. También habían arribado ahí el jefe de la comandancia y Macondo, el conserje del hotel. Y poco más atrás estaba aquel hombre con su enorme perro, ya sin disfraz. Alto, aunque no tanto como el padre, delgado, barba de pocos días bien confinada, y con cabellera plateada que dejaba lucir su delineada y breve calva: *el Arquifante*. En esa observación estaba Eugenio, cuando un grupo de enterradores llegó cargando un austero féretro de madera sin acabado alguno, descansándolo a unos cuantos metros de donde estaban. Ya ahí estaba cavada la fosa que le albergaría. Entonces se acercaron para murmurase episódicamente primero el jefe al padre, luego el padre al conserje y a Sambuca, y luego el padre al enterrador quien, acto seguido, se dispuso junto a su ayudante a bajar el féretro a su respectiva fosa. Entonces Sambuca le dijo a Eugenio que el padre les había pedido compañía para realizar los menesteres fúnebres a un desconocido ladronzuelo que había fenecido tras una fechoría. Obviamente pensó Eugenio que se trataría del que había intentado robar sus cosas. ¿Qué le pudo haber pasado? Luego recapacitó sobre lo sucedido, y quiso interpelar al jefe y a Macondo para indagar lo que habría acontecido con Oribe y la demás comitiva. Se apostó cauteloso frente al jefe, quien hablaba con el padre. Al verle, y sin permitirle el habla, el padre puso una de sus grandes manos sobre su hombro y, con la otra, puso frente a sí una flecha. La flecha que fungiría de simbólica ofrenda como lo había hecho el capote. Con un ademán le sugirió ser él quien colocara la flecha sobre el féretro para que procedieran con el entierro. Eugenio tomó la flecha, se acercó a la fosa donde aún sostenido por cuerdas, el ataúd flotaba cerca de la superficie. Se agachó para poder colocarla directamente y vio que la tapa no estaba bien cerrada. Su curiosidad era tan grande que quiso abrirla, pero no se atrevió. Soltó la flecha, la misma que había visto traspasar a su jefe, y se levantó un poco. Entonces los panteoneros dejaron caer poco a poco la caja. Por azar del destino, una esquina se trabó levemente con la pared de la fosa causando que se abriera un poco para impactar directamente la vista y conciencia de Eugenio, pues creyó ver, claramente, el rostro inconfundible del apolillado Oribe. Se quedó petrificado.

El ataúd y la fosa quedaron por completo cubiertos, y Eugenio no podía salir de su estupor. Los presentes andaban ya de retirada y Sambuca tuvo que ir por él.

—Es hora de irse. Aún hay carnaval y usted tiene algo que atender. —Le dijo, por lo cual quedó igualmente perplejo. Fue entonces que el misterioso hombre bestia, alias el *Arquifante*, se le acercó.

—Venga, venga conmigo. Vayamos a lo nuestro, la organización del caos, venga... —decía mientras lo empujaba gentilmente del brazo hacia el camino.

—Dígame joven ¿usted conocía al desgraciado pillo? —Le preguntó, y tras la ausencia de respuesta, continuó:

—Era Román Cacaxtle. Nunca enmendó. Y ¡ah!, cómo hizo sufrir a su madre.

Le señaló a una anciana que iba adelante de ellos, entre otros familiares del occiso.

—Es que yo creí ver a otra persona. Una persona conocida. —Explicó Eugenio.

—¡Ah!, *la muerte*... Siempre es así. Verla de cerca nos produce grandes confusiones. Pregúntemelo a mí.

Su voz le calmó. Había algo en su timbre que le tranquilizó sin terminar de creer todo lo que había dicho. No había pasado el tiempo de velación oficial, ni estaba tan seguro de sufrir alucinaciones. Eran el tono, el timbre, el ritmo y el volumen de su voz, cualidades que, aunque sonoras, entendía muy bien por su oficio artístico.

Regresaron por donde vinieron pero ahora en compañía de los siniestros *Arquifante*, Macondo, el Jefe, Sambuca y el padre, quien iba sin pronunciar palabra. Su pena parecía más grande que la de cualquiera, aunque era sólo un gesto de seriedad. Retornaron a la algarabía del festejo y el gentío. Justo bebieron los últimos tragos del brebaje al cruzar la muralla y dejaron las jícaras donde las habían tomado. Estando ahí, frente a casa de Fedra, se pararon y se colocaron todos en círculo. Ahí estaban, justo entre la muralla del monasterio, la casa de Fedra y el pie de la colina con la fortaleza en la cumbre.

—Bien pues... aquí nos separamos. —Dijo Sambuca, agregando tentadoramente:

—¿Viene conmigo?

—Yo sugiero, por seguridad, que el señor se hospede por hoy en la comisaría. —Sugirió el jefe.

—Yo, en cambio, —intervino Macondo—, creo que en el Hotel Babilonia estaría más cómodo y seguro.

—Coff, coff —tosió el *Arquifante*—. Me parece que el señor tiene una invitación pendiente en la colina. —Advirtió.

Y, finalmente, el padre también ofreció:

—Yo le ofrezco señor, la paz y el resguardo del monasterio para esta agitada noche. Ya que, debo advertirle, que los demonios andan sueltos, y que debe usted tomar sus providencias. Parecía que todos se lo querían llevar consigo.

Cinco opciones tenía y ninguna parecía sensata para aquella intrigante situación, donde su jefe y la pomposa comitiva, no parecían haber dejado rastro en esos cuatro personajes.

Quedó observándolos mientras le observaban y esperaban su respuesta. Tal vez, la más insensata era la más atrayente, y evadirse en los brazos de Sambuca para intentar olvidarlo todo. Pero no podía ser tan irresponsable. La más lógica provenía del oscuro Jefe y representante de la ley, aunque era la opción que más desconfianza le causaba. ¿Pasar la noche en un separo? ¿Con la autoridad? No gracias. La opción del monasterio era buena, mas ya tenía sospechas de ese lugar, a pesar de que le habían atendido bien los piquetes de abeja. La más irrelevante oferta era la invitación del *Arquifante*, pero era también, junto a la de Sambuca, la que más le atrajo.

—Creo que debo corresponder la invitación a la colina, pues sería muy descortés de mi parte no hacerlo. —Finalmente se decidió.

—Adelante, no diga después que no le invité, —reprochó Sambuca primero.

—Y conste que yo le advertí. —Dijo el padre.

—Espero que no se arrepienta. —Sentenció el jefe de la comandancia, mientras Macondo sólo miró al cielo, inspirando aire en señal de disentimiento.

—Hace bien, señor. Venga. Con su permiso amigos míos, pasen buena noche de consignas. Eupalinos vendrá conmigo... —Se despidió el *Arquifante*, llevándose del brazo gentilmente a Eugenio quien, por su parte, se extrañó por el mote con el que había sido nombrado.

—¿Cómo me ha dicho?

De La Rue

Antoine De La Rue era su nombre. Era arquitecto y estaba frente al espejo del lujoso baño del *Noveau y Decó* palacio de Las Artes en la gran ciudad. Ahí donde está el museo de arquitectura tendría lugar el evento de premiación a su trayectoria y, especialmente, la presentación de su último proyecto, junto a una gran selección de trabajos preliminares. Para sus escasos treintas, tales galas en su honor significaban un éxito avasallador y definitivo en su carrera. Apenas se había graduado de un breve doctorado, y colaborado únicamente un año en el despacho del más célebre arquitecto danés, y ejercido por cinco años desde la inauguración de su propio despacho, cuando ya estaba efectuándose esta ceremonia. Esa misma noche también se anunciaría la inauguración oficial de una oficina nueva en la urbe de hierro, meca de arquitectos, la ciudad de Nueva York.

Su traje era impecable, como lo había sido su vida entera, propia de la cuna y sábanas de seda de las que provenía. Simplemente, había tomado sin objetar ni chistar cada una de las predisposiciones que la tradición familiar le había heredado. No sólo continuaba la fortuna de su padre, sino la acrecentaba en renombre con De la Rue Arquitectos. Con tales predisposiciones resultaba más difícil no tener éxito que tenerlo y, sin embargo, algo lo tenía insatisfecho. Después de todo, no había podido dejar de ver que la distancia entre lo que él realmente hacía y lo que se le celebraba estaba demasiado lejos como para sentirse muy orgulloso. Encontraba que dentro de los muchos que intervenían en cada uno de los proyectos había algunos que jugaban un papel mucho más relevante que el suyo. Especialmente en lo que tocaba al talento y la creatividad, cosas que eran centrales en el mérito que se premiaba. En realidad no era que él lo encontrara así, sino que empezaba a sospechar que otros, a su alrededor, lo empezaban a notar más de lo conveniente. Aun cuando se suponía que eran sus directrices las que regían sobre los diseños, su desapego por el análisis y profundización en las problemáticas lo mantenían muy alejado de los efectos finales. Pero, en el fondo, la verdadera molestia que le acosaba era que, involuntariamente, y muy en contra de sus egocéntricos intereses, se estaba convirtiendo en un admirador de algunos miembros de su equipo. La manera en que esos sumisos profesionales tomaban las directrices, a menudo sin fundamento alguno, y le daban un profundo sentido, era sorprendente. Especialmente a ese al que apodaban Vitruvio, como al clásico y mítico arquitecto romano. Debía, en cambio, sentirse verdaderamente orgulloso del equipo que había conformado, ya que en lo que sí había dedicado una atención minuciosa y precisa era en la selección de su personal de diseño: los proyectistas. Pasaba tiempo en las entrevistas, y aunque a veces se equivocaba en la selección inicial, era en la prueba de trabajo a diario donde iba filtrando a los sobrevivientes y eliminando a los indeseados del taller. Sus razones eran claras: eliminaba todo afán y gesto protagonista. Casualmente, eso le había dejado a las mejores piezas: sumisas, reservadas y talentosas. No le importaba que, incluso, estas piezas solieran ser personajes de extraña y desagradable confección. Por lo común, vestían de negro, con largos abrigos hasta en verano. Nunca estaban bien peinados ni asoleaban la piel por lo que los blancos eran color leche enfermizo, y los morenos café con leche. En realidad sentía hasta cierta repulsión por ellos, pero así trabajaba más tranquilo. Pensaba que su liderazgo nunca podría ser cuestionado entre tanto tipo estrafalario. En eso estaba, admirando el rostro del éxito en su reflejo, cuando de uno de los gabinetes salió un hombre acomodándose el abrigo. Había pensado que estaba solo. Parecía uno de esos oscuros personajes de taller, pero maduro y sereno por las canas.

—Es sorprendente ver el fantástico mundo en los apolillados maderos de este lugar. —Dijo el extraño, extrañando al otro. Se miraron haciendo un ademán de saludo y continuaron a lo suyo, uno a lavarse y el otro a contemplarse.

—Miles de termitas cavan la madera y le dan al prisma regular un cómodo interior orgánico y laberíntico. —Volvió a extrañar el extraño, pero Antoine estaba lejos de ese lugar, anticipando el sabor de los honores.

—¡Arquitecto De la Rue! —Escuchó que le llamaban del pasillo. Miró por última vez su porte en el espejo, acomodó por una última vez su cabello y se dispuso a salir, cuando el extraño le expresó:

—Rómpase una pierna.

Antoine reconoció el tradicional deseo de buena suerte de los actores en sus debuts teatrales. Le volteó a ver, y haciendo un ademán con la cabeza, le agradeció antes de salir rumbo a un éxito más, sin embargo, lo suyo no sería teatro, pensó, sería lo real.

Al salir, se topó sorpresivamente contra un par de senos casi descubiertos por completo, además de un hermoso collar de plata.

—Perdón. —Se dijeron mutuamente, a lo que Antoine agregó:

—Me temo que este es el de caballeros.

—Sí, lo sé, gracias. —Dijo la despistada mujer, echando el más pícaro gesto con mirada y sonrisa y, sin detenerse, pasó de largo dejando una gran estela de su embriagante perfume.

Afuera estaba Clarisa, asistente personal, y amante incondicional de Antoine, quien le avisaba que el evento estaba por dar comienzo. La gente había ya ocupado sus lugares en el auditorio que se encontraba a un extremo del museo. El sitio estaba a reventar, no había sillas suficientes y muchos estaban de pie esperando la entrada del célebre Antoine. Se asomó por la puerta que daba directo al estrado, tomó aire estirando el saco y se lanzó a paso firme hacia el estrado. De inmediato se escuchó la ovación que lo acogió calurosamente entre aplausos y exclamaciones. En definitiva, era un día *cúspide*. Sólo la memoria a Pani había alcanzado esa altura en ese recinto.

Estaban presentes críticos, políticos, empresarios acaudalados y personajes del círculo intelectual más renombrado de la ciudad y del país. Sin mencionar la presencia del hombre más rico del mundo, quien además, por azares del destino, era su padrino. En el estrado estaban el jefe de gobierno de la ciudad, el director de la fundación que patrocinaba la condecoración y todos los presidentes y dirigentes de colegios, editoriales e instituciones relacionados con la arquitectura. Entre los distinguidos invitados, sobresalían también hermosas mujeres: empresarias, asistentes y artistas o arquitectas que engalanaban la ocasión. Entre éstas estaba la rubia exuberante de negro que lucía el bellísimo collar de plata con la que se había topado a la entrada del servicio de caballeros y con quien, además, sostuvo una constante comunicación visual durante todo el evento.

Primero había hablado la vocera de la fundación a modo de maestra de ceremonias. Luego, el presidente del colegio de arquitectos había expuesto una semblanza del laureado y después procedió el director de la fundación a otorgar la apreciada medalla, dejando suficiente espacio para el discurso del halagado De la Rue. El discurso estuvo acompañado por aplausos y elogios en todo momento. Su expresión oral había mejorado y parecía un poco menos el junior de la universidad esnobista. Consumaba en cada "yo", en cada "mí", y en toda conjugación en primera persona, el culto a su propia persona en forma religiosa. Aunque, signo generalizado de nuestra época, sólo a los artistas se les permitía esta adoración egocéntrica tan exaltada. ¿Acaso no se daban cuenta de su ridículo? Tanta era su autopromoción que cada vez era menos creíble. Funcionaba al contrario, pero nadie iba a molestarlo por eso. El sistema está confeccionado en función de la súper estrella, no para el colectivo. Se adora y rinde culto a individualidades. A singularidades que resaltan dentro de la inmensa nube o nata informe por hacer lo mismo que muchos. Las cualidades son efímeras e insignificantes, pero reconocidas por razones de autor, costo y circunstancia. La arquitectura y arte de culto tiene esa peculiaridad: se separa del resto de la producción para formar su élite exclusiva e impenetrable sin la credencial adecuada, muchas veces, nada más consistente en la capacidad de mirar el "traje nuevo del emperador".

Junto a la obra del galardonado se exhibían también, en disminuida cantidad y posición, proyectos de otras oficinas. Entre ellos, un singular proyecto autoría de una firma francamente desconocida. Sin embargo, la organización estuvo perfecta, salvo por las sucesivas interrupciones episódicas que los impuntuales admiradores provocaban al entrar por las puertas laterales. No dejaba de ser notorio que se trataba de los pocos colegas asalariados, todos en oscuras vestimentas que, imposibilitados de salir antes de la hora oficial en sus respectivos talleres, llegaban tarde a la ceremonia. Cual cántaro de agua en decantación, estas partículas se depositaban al fondo de la congregación.

Ya en anteriores eventos similares, a los que la comunidad de artistas y arquitectos son tan afectos, se habían estado conociendo y frecuentando estos personajes, quienes desajustados del resto de la élite, se conjuntaban por afinidad. Se trataba de esta clase invisible de personalidades tímidas, sumisas, anti sociales y reservadas de aparente baja autoestima, pero talentosas sin saberlo, que se formaban en los talleres de arquitectura como ratas en los sótanos. Venían, pues, de despachos de prestigio reciente como de *Redkind*, y de antaño como el de *Isidoro De León*, pasando por otros talleres como el de *Norton* y *Kabach* entre otros.

Concluido el discurso de recepción, la maestra de ceremonias invitó a la congregación a pasar a admirar la obra aludida en particular, y al resto de ellas en general. La gente hizo su recorrido entre las obras o, mejor dicho, sus representaciones a escala. Había fotógrafos entre meseros con los bocadillos y el vino de honor, y grupos que se formaban en mera socialización. Se podían escuchar los comentarios de admiración y asombro en torno a los modelos e ilustraciones. Ciertamente lo merecían muchos de ellos, pero no todos por igual. Había en las más recientes un giro peculiar y francamente espectacular, casi pirotécnico. Sin embargo, el último y más ostentoso proyecto de todos, mismo que se publicaba apenas en esa especial ocasión, se veía eclipsado por un proyecto que se exhibía justo enfrente. Lo más extraño es que se trataba de un género mucho más sencillo y de índole social, en contraste con el fin conmemorativo y monumental que tenía el primero. Mientras éste era un enorme monumento al aniversario de la nación en la gran ciudad, el otro era un desarrollo de vivienda de interés social, emplazado quien sabe en qué rincón olvidado del interior de la República. Resultaba notable, y ligeramente increíble, que estas obras fueran creadas por el tipo de arquitectos en esa sala. El caserío presentaba, aunque con geometrías complejas, una austera adecuación mágica con el entorno de una ladera natural, mientras que el monumento, se erguía como proyectil *impromptu* tras un bombardeo de las fuerzas aliadas. No era de por sí un feo artificio, la relación que guardaba con su entorno era lo que lo hacía una rareza poco seductora. La gente, que en su gran mayoría no descifraba este desajuste, se contentaba con mirar el falo aquel como un ente aislado, objeto en monólogo, o divorcio simbólico que el artista proponía como una deliberada separación con la vieja tradición. En cambio, la maqueta del caserío que mostraba el proyecto dentro de un conjunto de ladera y poblado, arrancaba suspiros y atraía la atención de la selecta concurrencia. Tal vez era la justicia que se le hacía a una arquitectura que, injustamente, trascendería mucho menos que aquella otra hecha con fines conmemorativos y monumentales. Se reconstruyen y mantienen ideales de culturas enteras a partir de los monumentos que se hacen.

Ante la atención robada, Antoine De la Rue optó por ubicarse junto a la verdadera causa de atracción en el evento: el hombre más rico del mundo y su hija, su esposa Madeleine. También ahí estaba Clarisa, amante y asistente, como su sombra o algo más que eso. La conversación era bastante trivial en contraste a lo que pudiera pensarse. En realidad no pasaba de la superficie. De arquitectura, nadie en la familia le hablaba a De la Rue, pero no tardaron en allegarse algunos que, aprovechando la ocasión de acercarse al magnate, se les unieron felicitando y alabando al laureado De la Rue. La fila se hizo interminable y para cuando finalmente se despejó el lugar, ya era bastante tarde.

Entre unas y otras felicitaciones, De la Rue dictaba a Clarisa datos de quienes le representaban algún interés y pudieran convertirse en un futuro cliente y negocio. También aprovechaba Clarisa para recordarle sus actividades concertadas y no sobreponer citas y encuentros. Esos días habían estado alternándose las actividades profesionales con la responsable anticipación familiar de hacer un testamento, menester que provocaba en Clarisa una especial preocupación.

—Antoine, no olvides la firma ante notario del testamento esta semana. —Le insistía para que no saturara la semana de citas, pero aún faltaba que la rubia misteriosa le felicitara y, finalmente, llegó su turno. Ella, y otra mujer morena de igual o mayor esplendor, se le acercaron sonrientes pero mesuradas. Después de todo, ahí estaban la esposa y la amante, es decir, la asistente. Le felicitaron y expresaron su admiración por su carrera. Luego de un cordial intercambio de comentarios, la rubia mujer hizo el primer cuestionamiento interesante en toda la noche:

—Me pregunto arquitecto, si en realidad estuvo usted en ese sitio. —Dijo, refiriéndose a la ladera del proyecto de vivienda social. No era un cuestionamiento menor. La experimentación del emplazamiento a proyectar es uno de los fundamentos más reconocidos y demandantes en la cultura arquitectónica de todos los tiempos y, sin embargo, la inmensa cantidad de encargos del arquitecto súper estrella de la nueva era, hace muchas veces imposible la atención debida a todos sus proyectos, como por ejemplo, conocer el sitio presencialmente.

De la Rue pareció nervioso al contestar, pero logró salir ileso de la coyuntura. Especialmente, al verse rodeado por más personas esperando su respuesta. De pronto se percató de que eran, en su mayoría, estos hombres en vestiduras oscuras que escuchaban con atención. Entre ellos uno alto, fornido y calvo con la piel verdosa que además lucía un alzacuello de sacerdote. Lo hay de todo en esta viña. Otro era el delgado y menos alto, pero espigado hombre que se había encontrado en el servicio hablando de polilla. También había otro con facha de periodista anticuado, a decir por la cámara vieja que cargaba, y otro moreno intenso, que en contraste con los demás de negro, lucía una deslavada guayabera blancuzca.

—Pues, deberían tomarse unos días libres y aprovechar que recién comenzará el carnaval del pueblo. —Invitó la mujer, añadiendo— se dice que resulta toda una experiencia mística hospedarse junto a un río en un hotel llamado Babilonia.

Antoine le miró fijamente como sopesando en realidad esa proposición, y volteó para mirar a Clarisa en gesto de plantear la opción. Ella le miró y tras un breve lapso dijo:

—A menos que el notario fuese con usted.

—Ya está. Cita al notario y firmemos ahí, en ese hotel Babilonia. —Dijo él, sonriendo y mirando a la concurrencia.

Esa noche todos durmieron en paz con excepción del hombre más rico del mundo. Entre el asunto del testamento de su yerno y las imputaciones de prácticas monopólicas, tuvo la peor pesadilla que puede un hombre rico tener: quedarse sin su fortuna y peor aún, dejando expuesta su única estrategia: primero suerte, luego acaparamiento. El destino de De la Rue, incierto hasta ese momento, trajo en cambio una fortuna inesperada consigo. Su oficina fue heredada, a voluntad *post mortem* de su fundador, a los empleados en forma de cooperativa que se dedicó a realizar soluciones paisajistas, arquitectónicas y urbanísticas sin ánimo de lucro, que a petición de la viuda, fue financiado a través de un fondo altruista otorgado por el hombre más rico del mundo.

En la colina

En lo alto de la colina, volteando al pie del gran portón, Eugenio pudo contemplar el majestuoso paisaje que esa noche era el pueblo. El panteón lleno con flamas danzantes de cientos de veladoras, espejeaba un símil de estrellas centelleantes arriba en la bóveda celeste. La torre, hito del monasterio, parecía estar clavada *tanto en la tierra como en el cielo*. El viento refrescaba en lo alto y tras patear accidentalmente una roca por la orilla del camino, se escuchó el golpeteo de la misma contra otras del empinado empedrado.

Entraron a la fortaleza, como lo parecía ser gracias a sus gruesos muros que continuaban la altura de la colina hacia más arriba. El recibidor era un patio flanqueado por sendos paredones en ángulo recto en donde no estaban los otros dos para cerrar un cubo perfecto, y en su lugar se abría la vista hacia el pueblo: primero al panteón del monasterio, y al fondo hacia las grandes montañas encadenadas hasta el infinito. Cruzaron esquivando el solitario naranjo que cohabitaba ahí descentrado junto a un espejo de agua adosado a la pared. El espejo se continuaba por un canal de agua por donde se conducía a un patio central mayor, corazón del complejo. En contraste con el amurallado aspecto exterior, las caras hacia el patio interior recibían las cuatro aguas de los techos inclinados cubiertos con teja de barro rojo. Era también, como muchas de las arquitecturas ancestrales en todo el mundo, un discurso introspectivo, concéntrico y micro-cósmico. Un universo encapsulado en el mar urbano. Una burbuja. Se sentía tan bien ahí, a pesar de la austeridad pueblerina. Eugenio sintió un aire familiar a cuando estuvo en casa de Fedra aquella primera noche en el pueblo, sin saber que en realidad estaba con Sambuca.

Por fin ingresaron a un salón único del que no sólo emanaba luz, sino también cantos gregorianos. Suave y paulatinamente, les fueron envolviendo la luz, la música y el espacio hasta tenerlos cautivos en un éter vivo. El *Arquifante* le había llevado hasta una gran mesa central donde había una gran maqueta terminada y otras muchas en construcción. El viejo le miró para leer el gesto ante eso; Eugenio estaba estupefacto. A los lados había mesas adosadas a lo largo de las paredes y había dos personas trabajando. Ambas eran como todos en el pueblo, campesinos de piel curtida, en guaraches y con sombrero a pesar de estar adentro. Uno manipulaba un puntero tipo *mouse* y miraba un monitor bastante grande y plano. El otro sostenía un grueso trazador de aceite, tipo plumón, y con meticulosa atención retocaba un dibujo sujeto con cinta en la mesa. Le llamaba peculiarmente la atención, el contraste tan inusual entre la áspera y dura piel calluda de esos hombres, contra el liso, suave y flamante acabado de esos artefactos.

Pero todo aquello lo había notado Eugenio a pesar de que, en realidad su atención estaba fuertemente magnetizada en los modelos y maquetas de la mesa. Reconoció al centro y, perfectamente terminado, el modelo a escala del monasterio que también se podía ver por el ventanal. Lo primero en notar era, obviamente, el altísimo hito, cuyo pináculo se perdía por encima de las colgantes luminarias.

No habían pronunciado palabra alguna. Sólo cruzaban miradas, pero parecía que llevaban una larga conversación. Charlaban en su lengua, visual y formal. Se entendían. En su viaje visual, Eugenio se topó con una maqueta en construcción que acusaba ya su intención total. El gesto de Eugenio fue de extrañeza, y al fin pronunció algo. Fue una pregunta:

—¿Y estas casas?

—¿Qué hay con ellas? —Contestó el *Arquifante*.

—Son del proyecto que acabo de hacer para el ingeniero. ¿Cómo es eso posible? —Reclamó.

—¿Cómo, usted...? Ah, ya, —se aclaró el *Arquifante*— usted también creía que las ideas son únicas y propias. Como si se reinventara el hilo negro cada vez que se les usa... Y continuó:

—De hecho, llevamos mucho tiempo trabajando en ellas. Dígame ¿tiene sugerencias?

Entonces Eugenio le describió las particularidades que le había conferido a su diseño, mismas que eran pocas pero sustanciales. En un diseño tan pequeño en sí, cualquier aspecto abarcaba una gran parte del total. La casa mínima pero digna, era un reto que, por separado, les había estado ocupando desvelos e insomnios a ambos. El *Arquifante* atendió con interés. Eugenio había desfasado un muro, justo en la intersección del ángulo formado, y con éste se creaba un espacio exterior que en determinado momento también se podría cubrir y agregar como un espacio más a la casa si fuera necesario. Mientras tanto, en el modelo base, serviría como patio de servicio. A su vez, esto hacía que entre áreas pública y privada se formara una conveniente transición con varias funciones: vestíbulo, área de guardado y articulación del área íntima con la de convivencia. La diurna con la nocturna, y la presente con la futura, pues, del mismo modo, ahí se posibilitaba la escalera para el crecimiento a futuro de la casa en un segundo nivel. El *Arquifante* asintió imaginando en su mente todo lo que Eugenio le había dicho.

—Parece buena idea. ¿Le importa si lo desarrollamos? —Le preguntó, como pidiéndole permiso.

En eso, Eugenio recordó que justamente traía los borradores en su bolsa del pantalón, ya que se lo habían entregado junto con las cosas que, supuestamente, le había intentado robar un pobre desgraciado, ahora occiso.

—No es necesario, aquí están los borradores. —Dijo, desenvolviéndolos sobre la mesa.

El *Arquifante* los miró, los examinó y cuando terminó, ya estaba uno de sus hombres junto a él para recibir sus instrucciones:

—Tome Don Chimal, capturemos esto por favor, y dele copia a Don Eufemio para que haga las adecuaciones al modelo. Gracias.

También se lo agradeció a Eugenio, pero no como lo esperaba:

—Muchas gracias por su valiosa aportación, hábil *Eupalinos*.

Esto trasladó el foco de su atención hacia otro asunto.

—Un momento. *EuPali* es una abreviación de mi nombre que uso para ahorrar energía al tener que escribirlo. —Aclaró Eugenio.

Efectivamente, desde que había estudiado la carrera, y leído a Paul Valery en el pequeño libro, a modo de diálogo de Platón, sobre el arquitecto griego *Eupalinos*, había adoptado intencionalmente esa forma de abreviar su nombre.

El *Arquifante* se quedó pensativo al escuchar eso, pero realmente no parecía dudar:

—Entonces, ¿es o no es? —Le preguntó.

—Sí, sí, pero... —y antes de permitirle continuar, le interrumpió:

—Muy bien. Eso es. Usted: es, sólo usted traería esa cruz encima.

¿Se habría referido literalmente a la cruz *deconstruida* colgada al cuello, o metafóricamente a la carga que eso representaba?

—Verá... —continuó el *Arquifante* como si nada —los mismos problemas, los retos similares, las mentes enfocadas hacia los mismos objetivos, hacen que el pensamiento se haga uno en común, como en marabunta. —Decía mientras mostraba un cuadro recargado en la pared, que en realidad era un doble cristal enmarcado, donde se exhibía un entramado de túneles excavados en una arcilla peculiar.

De inmediato, Eugenio recordó los hormigueros que vio a su llegada. El *Arquifante* debía ser el autor de aquellos extraños experimentos con insectos, pensó Eugenio. El *Arquifante* continuó:

—Que usted y nosotros hayamos llegado a soluciones similares no es extraño. Miles de miembros de un grupo con las mismas preocupaciones suelen construir soluciones en conjunto, tal y como lo acabamos de hacer con esta casa prototipo, o como lo hicieron *las vacas* en este modelo. —Explicó, y levantó el cuadro entre sus manos.

—¿Las vacas? —Preguntó Eugenio, y se acercó al cuadro para examinar con detenimiento.

No tuvo que esperar respuesta para comprender lo que le decía el *Arquifante*. El cuadro era también un modelo a escala, en sección, de una estructura real que Eugenio pudo descifrar. Lo hizo desde que descubrió una gran afinidad entre la silueta del montón de arcilla con la silueta de la colina. Se confirmaba su idea cuando vio que en la cumbre del montón de arcilla estaba un modelo arquitectónico a escala, hecho de la misma arcilla, que bien podría ser una sección de la fortaleza en la que se encontraba en ese momento. Además, ya para convencerse de su sospecha, las que primero le habían parecido hormigas inmóviles eran, en realidad, cientos de pequeñitas vacas a escala.

—Pero... las vacas no cavan. —Dijo Eugenio.

—Eso es cierto. Sólo acaban con el pastizal.

Fue cuando Eugenio lo comprendió. En verdad, la colina no era de conformación natural. Primero se habían amontonado una gran cantidad de arcilla y bloques de pastura, y luego se habían llevado a las vacas a pastar ahí, hasta que fueron eliminando la pastura y dejando la arcilla que se fue endureciendo con el tiempo. El resultado era una pequeña montaña, pero gran colina, perforada en su interior cual queso gruyere, con túneles por doquier, muy semejante a los laberínticos hormigueros, pero a escala de *Trol*, o de humano, que es casi lo mismo.[9]

—Claro que no fueron las vacas solas. Ellas y nosotros hicimos un buen equipo. Le llamamos el laberinto de Creta, como aquel del mítico minotauro, hijo del rey Minos. Pero la verdad es que se ha convertido en una especie de purgatorio... –hizo una breve pausa y prosiguió— si una vez adentro logras salir por el pasaje indicado, te salvas. De lo contrario, sucumbes ante el monstruo y vives ahí para siempre.

Eugenio seguía atónito. El modelo era una belleza y dejaba muy clara la inmensa complejidad del laberinto, así como las ramificaciones que se interrumpían porque el cuadro se acababa pero que, seguro, se continuaban por debajo del pueblo.

Eugenio dejó el cuadro donde estaba y volvió a la gran mesa central. Allí continuó el reconocimiento de los demás modelos. Identificó el rodeo del Jenofonte, el puente sobre el río, el Hotel Babilonia, el mercado del pueblo y, por supuesto, el monasterio, además de la misteriosa versión de su propia *casa beta*. Y había muchas otras maquetas que despertaban su sentido del asombro hasta que algo le hizo voltear hacia un vano al extremo del salón, a través de donde se veía a alguien trabajando en un viejo y grande *restirador*. Esas antiguas mesas de trabajo para hacer grandes planos que ya no se utilizan mucho hoy. La luz sobre la mesa dentro de la penumbra en ese cuarto adyacente era lo que había llamado su atención. Vio que había alguien de complexión femenina, delgada y frágil que trabajaba ahí de espaldas. Eugenio viró hacia el *Arquifante* en signo de interrogación, pero éste sólo le devolvió una mirada sin expresión que no le respondía ni le negaba permiso a indagar, por lo que se permitió dirigirse hacia allá. Entró sigiloso, y comprendió porqué estaba de espaldas a la puerta. Al frente opuesto se abría un gran ventanal que exhibía una maravillosa vista panorámica. También por eso estaba sin luz. Nada más se iluminaba la mesa donde estaban una gran cantidad de dibujos, bocetos y rayones. Ella, la mujer sobre el *restirador*, apenas se inmutó para devolver unas brevísimas mirada y sonrisas hacia el visitante para volver a su ocupación.

La musa

El *Arquifante* le alcanzó ahí llevando consigo uno de los bocetos de Eugenio y se lo mostró a la mujer. Atento a las reacciones, Eugenio les observó hasta que ella volteó a mirarle sonriendo nuevamente, aunque más amigable y jovial. Quizás fue esa usual impresión que hace ver más joven al sonriente, pero le pareció que ella no era tan mayor como le percibió en primera instancia. Su belleza era igual, sin embargo más joven, tal vez era más bella. Alguna amable expresión intercambió con el *Arquifante*, pero no precisó qué. El *Arquifante* se retiró con el boceto y la mujer retomó su labor. Sin duda pensaba... meditaba y recreaba en su mente los dibujos que tenía enfrente. Entonces Eugenio se le acercó para mirar la labor que la tenía tan absorta. Vio que se trataba del dibujo frontal de algún edificio intermedio a dos edificaciones tradicionales en el pueblo: la comisaría y el ayuntamiento que había visto en la plaza cívica al llegar. Las proporciones y ritmos entre ventanas, los remates, marquesinas y arcadas. Los tejados sobre entramados y vigas de madera eran el sello de la arquitectura del pueblo, como lo era de muchos otros en toda la *Nueva España*. Con delicadeza se movían sus manos, de vez en vez, entre largas meditaciones de la mujer. Así vio sus manos, frágiles y delicadas pero hermosas, que volvieron a confundir el cálculo de su edad. Eugenio levantó su mirada y volvió a percibir a la madura y elegante mujer que había visto en su primera impresión. Entonces volvió a pensar que su mente le había hecho creer que el gesto sonriente la hacía lucir más joven, engañándolo otra vez.

También pensó que quizá era prudente irse para dejarla trabajar sin público. Regularmente se considera grosero fisgonear el trabajo de otros, porque también hay quienes siendo observados se les dificulta el rendimiento. Es cuestión de pánico escénico y concentración, sin embargo, ella no parecía inmutarse o inquietares con su presencia. Así, le vio después dibujar al margen del dibujo algunos trazos sueltos y dispersos, sin sentido preciso, como jugueteando con el lápiz. Lo curioso, otra vez, fue que Eugenio percibió entonces una mano igualmente delicada pero más pequeña, como si fuera de una niña. Temió levantar la vista y corroborar su ilusión. Intentó mirar y mirar esa mano hasta que regresara a su condición normal, hasta que ella dejó de jugar tras haber hecho un margen de flores, mariposas y soles, y sus manos se retiraron de la luz. La voz del *Arquifante* salvó el momento atrayendo su atención.

—Basta, mi vida, –dijo— pareces cansada, ¿por qué no descansas un poco antes de la cena?

Ella, la hermosa mujer madura otra vez, asintió dejando los instrumentos sobre el dibujo y se levantó.

—Con su permiso caballeros, ya estaré de vuelta. —Se excusó mientras se levantaba y retiraba.

Sintió que tal vez todo era un sueño y que a eso se debían las transformaciones de la mujer. Sólo que a diferencia de lo que sucedía siempre en sus sueños cuando cobraba cuenta de estar soñando, en esta ocasión no se elevó por los aires levitando. Esto era lo que inevitablemente le sucedía a Eugenio cada vez que se enteraba en sus sueños de que en realidad estaba soñando. Desaparecía la gravedad y se despegaba del suelo o, simplemente, el suelo se despegaba de sus pies y se alejaba descendiendo, dejándolo suspendido en el espacio.

Ambos la miraron salir, atravesando el gran salón. Lo más probable era pensar que se trataba de la mujer del *Arquifante*, su esposa tal vez, por lo que lo más prudente, había aprendido Eugenio, era no mirarle tanto y mucho menos por detrás. Sin embargo, las siguientes palabras del *Arquifante* lo hicieron imposible pues comentó en tono sentido:

—Ahí va nuestra pasión, véala ¿no es acaso encantadora e irresistible?

Así, con la invitación y permiso por parte del que él suponía era su hombre, se permitió mirarle. No sin sentir algo de vergüenza que se esfumó cuando aquella visión se transformaba de forma sutil en exactamente eso que el *Arquifante* había dicho: Irresistible y encantadora imagen retirándose en sinuosa voluptuosidad posterior de generosas proporciones. Un trasero que envidiaría la mismísima Sambuca, en perfecto equilibrio y armonía con las demás partes de su cuerpo; cintura, talle, piernas y cuello. Tampoco habían sido esas las características que le había percibido anteriormente. Incluso, casi al llegar al fondo, la mujer desató su cabello dejando exhibir una hermosa estampa que codiciaría cualquier publicista de modas.

—Vivo para ella... Le dedico cada uno de mis respiros y todo lo que hago. —Expresó nuevamente, sentida y sinceramente, el *Arquifante*.

—Pensé que la arquitectura era su más honda pasión.

—Así es, así es.

Eugenio pensó primero que el *Arquifante* se refería a su mujer como la "mujer" en general, objeto de pasión, admiración e inspiración, pero después lo dudó y sospechó que en ella depositaba, de manera simbólica, su gran amor por la arquitectura. A menos de que ella fuera *"la arquitectura"* personificada, cosa que no estaría lejos de ser cierto ahí, en ese mágico lugar. Quizás así comprendería el hecho de que cuando meditaba una fachada tradicional, su semblante era de una mujer madura, mientras que cuando se trató de la *casa beta*, de ideas más jóvenes e irreverentes, su semblante fue el de una joven mujer, y cuando se trató de garabatos infantiles, sus manos cuando menos, parecieron ser las de una niña.

Tras esa espectacular salida tipo pasarela de la misteriosa mujer, se quedaron mudos y mirándose mutuamente. Eugenio sabía que su admiración había sido descarada pero que el *Arquifante* no se lo reprocharía. Por el contrario, parecía comprenderlo a la perfección y compartirlo gustosamente. Ya antes había conocido hombres que presumían a sus mujeres, sin embargo, esto era diferente. También, Eugenio ya había comparado cientos de veces a la arquitectura con la mujer, que bajo su particular preferencia sexual, era donde depositaba sus ideales más apasionados de belleza, como cuando de proporción se trataba, los contrastes que entre cintura y cadera se manifiestan, así como cuando entre nalgas y busto se muestra un cadencioso ritmo al caminar. El sólo rostro de rasgos femeninos, en combinación con el férreo carácter de su ideal de mujer le traía siempre buscando una forma de representarla arquitectónicamente, o la encontraba presente en particulares ejemplares de arquitectura. Más superfluamente, y nada más de manera metafórica, más allá de las meras apariencias físicas, los misterios y retos que en la arquitectura le aparecían, le hacían sentir de la misma forma que cuando intentaba descifrar la mente de una bella e interesante mujer. No obstante, siempre terminaba por desechar esas ideas y liberar de género sexual a la arquitectura pues había también dentro de sus ideales, rasgos definitivamente masculinos, que no tenía intención de negar por cuestiones de hombría.

Señal vs casualidad

Su atención se despojó de aquella cautivadora visión y regresaron al taller, el *Arquifante* no disimuló su fijación por la cruz pendiente al cuello de Eugenio y cuando éste le captó, le preguntó:

—¿Es usted una persona muy espiritual?

A lo que Eugenio respondió primero con una leve risa.

–No, al contrario. Quizá lo fui alguna vez.

Y el *Arquifante* completó:

—…y paulatinamente lo ha abandonado.

Eugenio asintió.

—Sucede a veces, pero no ha dejado su cruz, me pregunto ¿por qué es eso?

—Bueno, no la he dejado quizá nada más por costumbre, pero me he ocupado de que no sea exactamente un símbolo religioso. Como verá, está deformada.

—Sí, claro que lo he notado. Y esa deformación es la más curiosa, vea. —Dijo señalándole un gran mapa en la pared lateral. A primera vista no se percató de ninguna particularidad. Se trataba de un viejo mapa en tinta sepia donde se ilustraba la típica configuración urbana de la colonia, con la trama en bloques cuadrangulares, detonados a partir de una alameda céntrica en donde se disponía la parroquia correspondiente al pueblo, pretendida futura ciudad. Pero fue gracias a una anómala configuración, ahí inserta, de un círculo entre las rectas cuadras que pudo reconocer que se trataba del mismo pueblo en el que se encontraba. El tramo largo de los dos largueros propios de la simbólica cruz latina, se correspondía con el desarrollo urbano del pueblo conformado a partir de la carretera que le cruzaba de lado a lado. Y el otro tramo, el corto, se correspondía con la calle que venía desde el río atravesando sensiblemente por el centro. Sin embargo, la forma resultante, sin la perfección geométrica de la cruz latina era, aparentemente, muy similar a la cruz *deconstruida* que llevaba colgada como un dije.

—Bueno ¿Cuál es el asunto con mi cruz? ¿No creerá que algo más allá de una mera casualidad?

—Claro, claro no se podría esperar más de una mente escéptica y racional como la suya. Son esos los atributos que le dan virtudes y ventajas en su desempeño cotidiano, pero ¿no es realmente sorprendente el gran parecido?

—Sí, sí, pero —Quiso contraargumentar Eugenio, pero el *Arquifante* continuó:

—Es decir, usted le confeccionó, y vea ¿hasta el círculo descentrado? ¿O ese fue un defecto de fabricación?

—Claro, y entonces todo quiere decir que mi presencia aquí es producto de un antiguo presagio. ¡Tonterías!

Habiendo dicho esto, sin mucho tacto que digamos, se quedó mirando al *Arquifante*, con cierto temor de haberlo ofendido. Miró su sereno semblante, adivinando cierta diversión en su mirada. Su cabello gris muy recortado y su barba crecida toda, pero cuidada acentuando la forma de candado. Cierto aire familiar le notó con el recién fallecido genio de la manzanita, (especialmente por la enfermedad que le adelgazó hasta morir y que trató de combatir por medios esotéricos). Con delicadeza y buena forma, el *Arquifante* alzó su mano para alcanzar el dije y tomarlo entre sus dedos. De repente y, sin aviso alguno, lo empuñó y desató del cuello para volver a tomarlo entre sus dedos y llevarlo hacia el mapa, con sólo mover su brazo. En el mapa, justo al centro donde se encontraba el atrio de la parroquia, había un espacio vacío que se formaba entre las líneas de trazo que podrían representar escalinatas o ejes virtuales en el dibujo técnico del mapa, pero el dije embonó a la perfección como si hubiera sido un hueco hecho *ex professo* y exacto para ser llenado con él.

—¿Una casualidad más? —Cuestionó el *Arquifante*, en tono desilusionado.

Eugenio no pudo comprender en ese entonces, pero después lo haría. El *Arquifante* volvió a extraer el dije del mapa y se lo devolvió a Eugenio, poniéndolo en su mano con ambas manos, en forma por demás solemne.

Haciendo gesto de —*no son más que casualidades*— Eugenio volvió a colocarse el dije al cuello. ¿Qué esperaba? ¿Qué una estrella bajara del cielo envuelta en luz etérea al momento de calzar su cruz en ese viejo mapa accidentado? Qué locura, pensó.

—La labor seguirá siendo una Torre de Babel, una hermosa torre en Babel. —Manifestó el *Arquifante* sentidamente otra vez. Y entonces, tomando del brazo a Eugenio, lo llevó hasta donde sobre la mesa adosada al muro estaría quizá su lugar de trabajo. Allí estaban los dibujos y diseños de lo que parecía ser la imagen de la mítica construcción.

—De la antigua Babel sólo tenemos un mito, tanto de su existencia, como de su desaparición Parece lógico tener una mítica explicación de la falla para una cosa que únicamente tiene una mítica existencia. Pero, si existe en realidad, nos hace falta una explicación.

A lo que Eugenio replicó:

—¿Y qué tal la confusión de lenguas? Después de todo, no suena tan improbable que pudiera haber sucedido así.

—Exacto. A la comunicación son atribuibles muchas de las causas de nuestro desastre. —Dijo el *Arquifante* a modo de conclusión, y continuó— usted disculpe, venga, le mostraré su habitación y después podremos cenar algo antes de dormir. —Le indicó apenado y se dirigió a la puerta.

Al salir, se toparon con el gran Braco de Weimar echado en el patio, cerca del acceso al taller. Al verlos, éste se levantó y los siguió sigilosamente de cerca. Entonces a Eugenio le asaltaron nuevos cuestionamientos.

—Disculpe *Arquifante*... ¿Qué hacen con esos hormigueros y panales? ¿Qué finalidad tienen?

—Esos son experimentos científicos que hago con el padre Jerónimo pronto tendrá el padre que pagar por la apuesta que hicimos. —Y le explicó cómo, de alguna manera, las hormigas habían preferido sobrevivir en hábitats con configuraciones arquitectónicas más simples pero bellos, que en los más complejos y caóticos. Aunque la investigación iba más allá de la mera apuesta, misma que además de implicar cuestiones científico—biológicas, tenía, también, una orientación dirigida a la plástica arquitectónica. Desde la espacialidad orgánica, pero no organicista, hasta el sistema constructivo análogo que pudiera inventarse en su ejemplo. Adhesivos pétreos con escaso impacto ambiental. Ese principio había motivado la gran construcción del laberinto subterráneo con las vacas. Continuó:

—¿Qué no hemos sabido hacer los humanos que las hormigas, las abejas y otros animales, sí? Claro, no es culpa de nosotros los arquitectos solamente, sino de los soberbios, aquellos que los prefirieron soberbios igual... a modo del gusto que impera. He ahí una imposición tiránica donde la justicia está casi siempre ausente. Pero no aquí.

El *Arquifante* le explicaba mientras recorrían el gran patio central. Esas últimas palabras lo habían dejado muy pensativo, y también con miedo. Luego, en una de las esquinas pasaron entre los cuerpos limitantes del cuadro central para llegar a un espacio con una gran masa cilíndrica al centro. Allí, por una abertura se accedía a las escaleras que vendrían de algún nivel inferior y se prolongaban hacia arriba por donde ascendieron al nivel superior. Saliendo del cilindro se encontraron con un par de puentes sobre los vacíos a doble altura que penetraban hacia los cuerpos que flanqueaban el cuadro central. Tomaron por el izquierdo, donde a medio corredor llegaron a una puerta también del lado izquierdo. Esa sería su habitación.

"*¿Pero no aquí?*"¿Qué significaría eso?... Por ser un paraje casi desconocido otra justicia reinaría ahí ¿o qué?, repasaba Eugenio cuando, como si hubiera leído su pensamiento, mientras buscaba y probaba las llaves para abrir la puerta, el *Arquifante* continuó diciendo:

—Aquí, el soberbio como todo aquel que ofende, desaparece en días de carnaval, bajo la pura intermediación de su propia culpa como jurado y juez, sin que ni siquiera se le pueda recordar su presencia habida: nada, nunca.

Y al abrir la puerta, extendiendo su mano para invitarlo a pasar, se retiró diciendo:

—Pase y descanse. Si lo desea, cenaremos en una hora, en el comedor. Será un placer que nos acompañe. Lo dejo, con su permiso.

Eugenio agradeció la invitación y pasó al interior de la habitación. Ahora más que antes le pareció conveniente mostrar la mejor educación pues, a pesar de la amabilidad de aquel singular personaje, no pudo evitar sentir algo de miedo. Si aquello de la culpa era cierto, y la justicia divina tan certera, sus sentimientos empezaban a ponerse en su contra al saberse responsable del accidente de Oribe. En realidad, el miedo le provenía más de sospechar en la intermediación de los mortales que de alguna fuerza divina o fantasmal. Su racionalidad le era inalienable, incluso en ese extravagante lugar y no descartaba la posibilidad de un juicio sumario al margen de las autoridades, las auténticas, en ese pueblo, tal como se lo sugería aquel concilio que había visto en el monasterio. Quizá debí haberme ido con el Jefe a la comandancia, pensó, aunque, por otro lado, había algo en el regocijo espacial que sintió desde que entró a esa fortaleza que le hacían pensar que valía la pena estar ahí. Se recostó en la alta cama que yacía al centro, debajo de un tapanco de madera a mitad de la altura que se extendía por la pendiente del tejado, y cerró los ojos en busca de un breve descanso.

El sentido

Del tapanco, por la escalera adosada al muro, muy al estilo Barragán, se apareció ella, la mujer del *Arquifante*. Sin moverse, Eugenio sólo abrió bien los ojos y la vio bajar pausada y traviesa. Centró su atención en calcular su edad. La luz únicamente provenía de las ventanas, pero era suficiente para ver su rostro. Era ella, ¿la mujer de la mesa de trabajo, o la que desfiló al salir? Era la misma, incluso la niña que por momentos recordó y sintió que tal vez era porque le había conocido antes, hace mucho tiempo, de niños. Sintió que le conocía de siempre. Ella, con ropas trasparentes, quizá velos arabescos, quizá de musa en un harén, se le acercó hasta trepar sobre de él. No es que no quisiera moverse, ni que no supiera que no debía dejarse seducir por la mujer de otro. Es que no podía moverse. Una fuerza superior lo aprisionaba contra la cama mientras ella le comenzó a besar suavemente por todo el cuerpo, despojándole de la ropa. Aquello era un osado asalto sexual que no terminó hasta que se fundieron en un mutuo orgasmo. Intenso y largo, si la percepción no fuera relativa. No hubo palabras pero se entendieron a la perfección. Tendido bajo de ella, se había librado de la fuerza que lo había mantenido estático, quizás era nada más voluntad, sin embargo, entonces pudo sentirla con sus manos y brazos, incluso piernas. Tomó sus pechos, sus nalgas y su cintura, la recorrió con las yemas de los dedos y papilas gustativas comprobando a vece su firmeza, a veces su flacidez. Miró su rostro, sus ojos, sus mejillas sonrojadas de calor, su humedad y también lo frío de sus pies. Aún en éxtasis, miró por la ventana hacia el patio donde al lado opuesto estaría otra habitación, la del *Arquifante* por lo visto, pues lo vio claramente haciendo el amor con ella y devolviendo ambos la mirada hacia él. Eso fue lo suficientemente perturbador para despertar de golpe y encontrarse en perfecta paz dentro de su oscura habitación. Qué extraño, su primera impresión fue que había sentido como cuando recién estuvo con Sambuca, pero con el sabor a los besos de Leila. Tan recientes experiencias que mezclaba las sensaciones en sus sueños. ¿Y de Liz qué? Se preguntaba. ¿Nada? La habría desterrado a pesar de que era a la única que había conocido de verdad. Después le vino esta sensación de vergüenza consigo mismo, como si el *súper yo* le reprimiera por tan lujuriosos sueños, sensaciones y acciones en las que había caído. ¿Caído? Era como una reminiscencia religiosa en la que se sentía observado por el creador, juzgándole y apelando a su conciencia y a su vergüenza por permitirse tan bajos instintos, en obra y pensamiento. En especial y, sobre todo, esas manías de desear a la mujer del prójimo, o no conforme con una, andar ocupándose de varias a la vez. No es que fuera un santo, pero la edad le había estado quitando inocencias poco a poco, al grado de estar ahí, tentado por tres mujeres fascinantes y terribles. Terminó por convencerse de que no se trataba de dogmas religiosos, sino de conciencia que nada o poco tenían que ver con divinidades.

No ha pasado nada, se dijo, levantándose para enjuagarse cara y manos, y se apresuró para reunirse con sus anfitriones. Recordó la vez que al pie de casa de Fedra, a punto de transformarse en Sambuca, ella le había dicho que *nunca la había visto*. ¿Se habría referido a la mujer del *Arquifante*?

Bajó lo más rápido que pudo, aunque su mirada exploraba todo rincón de aquel fascinante lugar. Miró la ventana, aquella que soñó enfrente de la habitación y, efectivamente, ahí estaba. El lecho con las sábanas revueltas también. Continuó internándose por la cilíndrica masa de concreto aparente que contenía las escaleras y llegó al patio central. Pasando junto al pasadizo por donde habían accedido vio en el otro patio a uno de los elefantes, ahí parado en sereno descanso. Pasó hacia el comedor a través del centro iluminado por el cielo nocturno, el cual era el único lugar con luces encendidas. Alcanzó a notar a pesar de la penumbra en el taller, el mapa aquel del pueblo. Hizo alto y desvió su pronto caminar hacia allá decidido a colocar nuevamente su dije en el hueco para comprobar la coincidencia de formas. Se apostó frente al mapa forzando la vista, se sacó el dije y con dos dedos lo fue colocando ahí. Perfecto. El ensamble era perfecto. Aun en el mapa se prolongaban las líneas para acentuar la forma que se conformaba entre sus intersecciones. No dejaba de ser sumamente enigmática la coincidencia y, por ende, comprensible la decepción del *Arquifante* al no aceptar la coincidencia como una señal. Tomó un poco más de distancia pues había aprendido que con ella la perspectiva permite apreciaciones muy distintas del conjunto. Así, observando la cruz centrada, las formas circundantes en torno se apreciaban similares. Es decir, había cierto patrón en el diseño que manejaba formas regulares pero ligeramente desarregladas, o *deconstruidas* como lo estaba su cruz. Entre la poca luz y algunos reflejos que lograban iluminar parte del mapa, vio como si en la parte derecha de la cruz, apenas con un espacio de separación, se dibujara una forma como de letra d minúscula. Su mente comenzó inmediatamente a funcionar cual diseñador creativo era. Y si esa es una d ¿la cruz sería una t?... Y si hay una t y una d ¿qué palabra se puede articular? Así entonces, lo fue viendo con mayor claridad. Se acercaba y alejaba para asegurarse de su visión. Debido a la propiedad circular del monasterio dentro de la trama urbana, el texto estaría en disposición radial y una a una fue descubriendo la palabra. Al verle, trató de verificar si ahora se trataba de una palabra dentro de una oración pero no lo logró. En eso, le sorprendió ella al salir silenciosa por el marco de la inmensa puerta.

—¿Ha encontrado el sentido? —Le preguntó ella.

—Exactamente —contestó él, y no podía ser más preciso y literal. Había encontrado la palabra *"sentido"*, por lo que asumió que no era nada nuevo para ellos.

—El sentido tiene que ser siempre encontrado por uno mismo. Más aún, el sentido no se encuentra, se inventa por uno.

—Pero aquí no lo he inventado yo.

—No claro. Es un monasterio católico. El sentido está prescrito en la religión. Pero además... ¿Está seguro que no lo inventó usted al recrear esta realidad en su mente? —Cuestionó en pícara y jovial expresión, como queriendo confundirlo, envolviéndolo en argumentos muy posmodernos y *new age*.

—No, no, claro, usted no está loco, ni se creería tal cosa. —Remendó, expresándose otra vez en su madura y seria, pero bella edad mutante, mientras le tomó de la mano y le llevó hacia el comedor. No pudo evitar sentirse rendido ante el cariñoso gesto y su mano en la suya. Más que entereza, se requiere de una anomalía sensorial para permanecer indiferente ante tales experiencias. Qué gran fortuna la del *Arquifante* haberse encontrado con tan fascinante mujer, sin embargo, al penetrar al interior del comedor se zafó para impedir ofensa alguna.

Tal vez el *Arquifante* y su mujer tuvieran ese tipo de relación extravagante en el que se comparten mutuamente pero no quería averiguarlo. Allí estaba, al otro lado de la barra que dividía el gran comedor de la generosa cocina. Era, en sí misma, una enorme mesa de madera con base de piedra en la que el *Arquifante* estaba picando verduras y frutas. Había en aquella mesa una gran variedad de colores y olores. Con gran destreza preparaba ensalada, guarnición, una sopa de pepino fría y estofado de codorniz que olía maravillosamente. Por lo visto también era un gran cocinero. Mientras tanto, ella le sirvió una deliciosa sangría con el sabor y el olor de un elíxir de uva y manzana. Así charlaron amenamente y participaron en la preparación de la cena. De entre los más significativos temas fue ese en el que el *Arquifante* hacía énfasis al denotar que no sólo eran los ingredientes idóneos los que garantizaban el mejor platillo, sino que intervenían también, como en todo menester, la forma de mezclarse, cocinarse, servirse y acompañarse. Y aunque los temas eran principalmente circundantes a la cocina, Eugenio no podía separarlos de sus implicaciones en su oficio arquitectónico. Indudablemente, que el *Arquifante* tampoco. Ella se limitaba a escucharles. De vez en vez, el *Arquifante* levantaba la vista para verla, iluminándose su rostro con obvio regocijo y pasión. Yo también, pensaba Eugenio en sus adentros, yo también quiero eso en mi vida. Una pasión como la del *Arquifante* por su mujer y su oficio que, para ser honestos, parecían fundidos en la misma persona de su mujer. A veces sentía que en realidad él y el *Arquifante* estaban ahí solos y que ella no era su mujer, sino era de ambos, la pasión que les unía, *la arquitectura*.

Para cuando finalmente tomaron sus alimentos y se sentaron a la mesa, Eugenio preguntó:

—¿Por qué no me dijo que la cruz era la letra t de la palabra *sentido*?

Antes de contestar, el *Arquifante* terminó de servirse y dio un gran trago a su copa de fresca sangría.

—¡Aaah!, esto está delicioso, no puede negarlo. —Dijo evadiendo la pregunta de principio, pero entonces continuó:

—Ya ella se lo ha dicho. El arte es la ficción que cree en la existencia de la salvación humana, la fe es la certeza en ello, la ciencia el único camino... Al sentido hay que hallarlo. La religión tiene el sentido perfectamente ubicado en la gloria del Señor por lo que en el monasterio nada más hay que descifrarlo, pero el sentido ha estado siempre ahí. Por lo que a nosotros, arquitectos, nos toca cifrarlo en códigos y signos.

Hizo una pausa y continuó:

—Afuera del misticismo no es así. Ahí no hay que encontrarlo sino inventarlo, y resulta un enorme brinco a la incertidumbre... Usted debe saberlo... es un racionalista, un escéptico.

Entonces Eugenio interpeló como en defensa pues era una vez más calificado de esa manera:

—¿Y usted se considera un místico? ¿En qué cree usted, señor?

—Nosotros nos parecemos a usted, —contestó en plural, tal vez para incluir a su mujer— pero no podemos ser tan racionales. Nos es inherente la fantasía y la ficción con la única diferencia de saber distinguirla. Hecho que debería poner en práctica.

—¿Yo? —Preguntó más que sorprendido Eugenio—. Yo sé distinguir perfectamente entre la ficción y la realidad.

Qué atrevimiento del viejo este, pensó. Eso había tocado sus fibras emocionales como nada en toda la noche lo había hecho. Sin saber exactamente por qué, hasta rabia sintió, y el *Arquifante* lo notó, por supuesto.

—Por favor, Eupalinos, no se ofenda. Es sólo una impresión.

—¿Por qué insiste en llamarme así? Mi nombre es Eugenio. —Aclaró de nuevo, pero tranquilizándose. Eso no le era realmente tan molesto pues desde que leyó a Valery había visto la oportunidad de crearse ese seudónimo e identificarse con el clásico de la literatura arquitectónica.

—Es cierto, disculpa...

—No, no. Está bien. Puede llamarme así, si lo desea, pero dígame ¿qué le hace pensar que no sabría diferenciar la realidad?

—Pues no lo sé realmente, es únicamente que pensé que era usted alguien que he estado esperando por mucho tiempo. El problema, Eugenio —continuó utilizando su nombre de forma correcta—, es que no sé a quién estamos esperando, ni para qué. El padre Jero estaba seguro de que era usted, pues pensó que era *Eupalinos* a quien había conocido antes de bronce.

—¿Por qué siempre están los místicos en la espera de la llegada de un mesías redentor? —Preguntó Eugenio.

Tras una pausa, el *Arquifante* continuó:

—Ya mis dudas habían surgido cuando de un *Eupalinos* original se esperaría una apreciación más clásica de la belleza y la arquitectura. No como usted lo ha demostrado en la *casa beta*, donde comprendiendo la inevitabilidad del azar, no pretendió que los edificios "cantaran" siempre bajo la misma idea de armonía musical...

Eugenio no comprendió muy bien eso de "antes de bronce" pero, por un lado, se sintió mal de no haber cubierto las altas expectativas que le habían montado. Y, por otro, mucho más razonable, agradecía que las cosas se fueran aclarando. Él, simplemente, había llegado ahí comisionado del trabajo, ellos le habían confundido con alguien y le habían estado enviando señales equívocas. Luego, un terrible accidente se había suscitado y al día siguiente tendría que afrontar el destino que, seguramente, Leila ya habría anticipado ante la justicia. Estaba en estos pensamientos que le ensombrecían, cuando el *Arquifante* se manifestó entusiasta con una idea que le estaría surgiendo de improviso:

—¿Sabe que voy a hacer? —Le preguntó, y apenas le miró a los ojos continuó— voy a hacer de su dije una llave, y del cuadro urbano una puerta secreta de un armario ahogado en el muro donde alojaré los quince libros que escribiremos.

—¿Y por qué hará eso? ¿Quién escribe un tratado de quince libros para esconderlo tras un cuadro con llave? —Cuestionó Eugenio.

—Es cierto *Eupalinos*. Supongo que sólo aquel que huye de la soberbia implícita en hacer semejante cosa como un tratado de arquitectura. —Sentenció el *Arquifante*.

—¿Eso piensa?

—Es una locura, inútil e infructuosa empresa, cuya soberbia no tiene parangón equivalente ni en la ciencia ni en las artes. Ella lo sabe, y me avergüenzo. —Dijo, apenado, al voltear hacia ella, y puntualizó— por eso no seré yo quien los escriba sino un atento aprendiz... él comprenderá mejor nuestro hacer.

Eugenio pensó en aquello de la *autoridad*, pero se sintió cansado nuevamente y se levantó para llevar sus platos hacia la cocina cuando al verle los pies flotar al caminar, el *Arquifante* le insistió:

—¿Está usted seguro de distinguir realidad de fantasía?

En esta ocasión, el agotamiento mental impidió que lograra enfurecerse, encontrando, además, una posible manera de probarlo:

—Sí, por supuesto que sí, de hecho, tengo una forma infalible de saberlo.

—¿Ah sí? Dígamelo entonces.

—Invariablemente, cada vez que me sé soñando, comienzo a levitar por los aires, cosa que me encanta y, en una especie de inconsciencia consciente, me agasajo con el vuelo y su sensación maravillosa. Y vea usted, —dijo señalando sus pies— anclados en tierra firme.

La risa del *Arquifante* no se hizo esperar. Le acompañó ella también, luciendo su más juvenil edad hasta que nuevamente la vio como una niña. Un momento, reparó Eugenio en su pensamiento. Eso no puede ser real. Una cosa es tener la convicción de la existencia o no existencia de divinidades por el deseo irrestricto de creer en algo por pura fe, y otra era lo que sus ojos le habían estado develando esa noche. Eugenio miró sus pies para ver si éstos no comenzaban a flotar al pensar que soñaba. Pero nada, sus pies continuaban ahí en ese piso pulido de cemento gris. Sin embargo, sintió desvanecerse y de no ser por el *Arquifante* y una silla le detuvieron, habría caído.

—¿Se siente bien? —Le preguntaron.

—No. Creo que no. Estoy un poco... confundido.

Entonces, con esa manía de darse respuestas para todo, pensó que debería ser el cansancio y el estrés emocional. No era para menos, ese día había sido muy largo, se había desvelado, había trabajado, había golpeado y accidentado a muerte a su jefe, había asistido a un funeral, había conocido a la pareja más extraña del mundo, y el futuro siguiente no sería mucho mejor teniendo que enfrentar a Leila y a la autoridad para intentar salvarse de la cadena perpetua en algún reclusorio de muerte junto a sicarios y bandidos. Cualquiera tendría visiones, se dijo.

El *Arquifante* tuvo a bien preguntar:

—¿Desea algo más o prefiere ir a descansar?

—Sí. Quiero solamente decirle una cosa más: Hoy maté a un hombre.

Confesión

Hoy maté a un hombre, confesó. Y para alimentar su confusión, ni el *Arquifante* ni ella, se sorprendieron mucho.

—Pero fue un accidente... Yo no quería matarlo. Sólo le golpeé por haberme provocado con sus insultos, y se cayó hacia donde estaba la ballesta que debió accionar el gatillo, disparando la flecha que le entró por el dorso y le salió por el vientre.

—¿Y luego? —Le preguntaron.

—Luego la flecha salió disparada por la ventana hacia el exterior, y...

—Pero ¿y usted? —Interrumpió el *Arquifante*.

— ¿Yo? —Y se detuvo por un instante desentrañando el recuerdo.

—Sí ¿dónde estaba usted?

—Yo, frente a él.

—¿Y la ventana?

—La ventana detrás de mí.

—¿Cómo? ¿Entonces usted estaba entre él y la ventana?

—Sí

—¿Cómo? Para que la flecha saliera por la ventana ¿le rodeó a usted? Eugenio, ¿no lo ve? La flecha tuvo que pasar por donde usted estaba.

Para que la flecha saliera por la ventana tuvo que pasar por donde... se repetía Eugenio como no queriendo comprender hasta que el susto se apoderó de sí al verlo con claridad. —¡La flecha me atravesó! —Y al decírselo el mundo se le empezó a escapar. El suelo se convertía en arena desmoronándose bajo sus pies, haciéndolo caer. De nada le sirvieron sus gritos y esfuerzos por alcanzar la mano que el *Arquifante* le extendía. Cayó envuelto en tierra y sepultándose en las entrañas de esa colina perdiendo la noción del tiempo. Impresionante la velocidad a la que corre la mente, o la manera en que la percepción deforma el tiempo. Su pensamiento fue y vino hacia esos recuerdos que describen experiencias de muerte donde se siente viajar por un oscuro vacío y donde se vislumbra una luz al final del túnel. Y de otras en las que se ve pasar toda la vida propia enfrente como en un cine. Todo esto, en el lapso que al abrir los ojos pudieron haber sido largas horas o, simplemente, un instante. Para cuando Eugenio se recuperó, estaba en una cama, en una habitación excavada del interior del laberinto que había conocido a escala en el taller del *Arquifante*, y donde habían estado también el notario Octavio Zamudio y el periodista Antonio Morquecho. Y quizá muchos otros, pero eso, él no lo sabía, o tal vez sí.

Estoy en el laberinto. Ése al que el *Arquifante* llamó purgatorio. Antesala del cielo o el infierno, dependiendo de encontrarse con la bestia o la salida. A diferencia de otros que habían estado en su circunstancia, estaba vestido, sin tierra ni polvo sobre sí, o sea que lo del desmoronamiento del suelo debió haber sido una alucinación, se explicaba en su incansable manía de encontrar razones lógicas y factibles para todo. Se incorporó y mientas caminaba en el laberinto reflexionaba sobre su suerte. Estoy muerto y por haber matado a un hombre he de enfrentar a la bestia, pensaba. A pesar de lo terrorífico que pudiera parecer la situación, su capacidad de apreciación estética fue suficiente para admirar ese lugar. Encontró fascinación en lugar de ansiedad. Especialmente con la forma en la que eran engarzadas la brutalidad del confinamiento y las implementaciones arquitectónicas como la nivelación, el mobiliario y las instalaciones. Desde la confección de las proporciones espaciales hasta la selección de la tela blanca para las sábanas. Desde las juntas entre piso tallado y pared rústica por mordida de vaca hasta la inserción de la meseta, el óvalo de porcelana y los grifos para un lavabo inserto en un nicho, con un espejo de fondo. Le faltaba iluminación natural, pues en el purgatorio no existen las ventanas o aberturas. Justo como lo era en su ideal de arquitectura, ese mundo donde se había dejado por completo la idea de ventana y de puerta, permitiendo que los intersticios, oquedades e interposición de volúmenes se encargaran del paso de la luz, de las sombras, del viento, de las vistas y de los pasos nuestros. Era como si al morir, el viaje hacia lo abstracto fuera más un retorno a casa que un distanciamiento de ella, y fueran una combinación de artificio y naturaleza muy sutil.

Eugenio se detuvo al centro del pasadizo que estaba junto a la habitación. Mirando hacia ambas direcciones y, antes de decidir por cual ir, meditó un poco. Caminó veinte pasos que fue contando entre dos linternas en sus respectivos nichos alunados con un pequeño nicho satélite al lado derecho. Después se acercó a ellas y descifró el grabado sobre el cristal del quinqué. En el de unos nichos era la figura de Dédalo, del lado opuesto eran grabados del minotauro. Eso era: seguiría la dirección que apuntaban con el satélite, como si fuera una flecha, de aquellos que tuvieran a Dédalo. Coincidían en su apunte y, por lo tanto, se reforzaba su teoría. Estaba sobreexcitado de pensar que hubiera descifrado la clave de escape. Tras un recorrido llegó, finalmente, hasta un portón de madera vieja y apolillada de color verde. Entre los resquicios se podía percibir la luz intensa del día, o de la luz celestial con la cual su escepticismo habría terminado para siempre. ¿Sería posible su admisión tras una vida en el pecado de la negación? ¿Estaría listo para aceptar y resignarse al castigo? Pronto lo sabría. Ésa es la ventaja de la muerte mística: uno se enterará de todo en ese instante.

La luz al final trajo más bien desconcierto, pues al abrir los ojos se encontró tumbado en una camilla de hospital, donde un corpulento doctor le examinaba las pupilas. Cuando el doctor le soltó, le oyó decir en tono grave:

—Vaya, ha despertado al fin.

Eugenio sintió miedo al reconocerle, pues le pareció ser el notario que había muerto en la corrida como sentencia de pasadas ofensas.

—¿Octavio Zamudio? —Preguntó Eugenio.

—Dr. Octavio Zamudio para servirle, mucho gusto. Se ha salvado amigo, de una herida mortal de flecha.

Parece que todo había sido una agonizante alucinación. Eso, o había tomado el camino correcto en el purgatorio de regreso a la vida. Todo vendado, Eugenio fue subido a una ambulancia que le llevó de vuelta a la capital. En la maniobra, y al respirar el aire fresco en la calle principal, Eugenio les detuvo para mirar hacia los lados. No había restos de la decoración festiva.

—¿Y el carnaval? —Preguntó Eugenio.

—Uy seño ya pasó. —Le contestó el enfermero sin precisar más.

Y entonces miró hacia la esquina donde estaba la cantina, lugar donde estaría Sambuca, pero no se atrevió a preguntar más.

En la ciudad

Había llegado el momento de enfrentar los cargos. Habían pasado ya ocho fríos y largos días, y Eugenio no sabía nada de nada, ni de nadie. Se había, tontamente, quedado en casa todo ese tiempo, temeroso, huyendo de todos y de todo. No se había presentado en la oficina, y solamente había acudido a la tradicional comida de cada martes con la familia en casa de su hermana. Siempre callado y más tímido que nunca. Sin embargo, trató de actuar con normalidad, aunque su preocupación era evidente. Por extraño que pareciera, no había recibido notificación ni requerimiento alguno por parte de la policía. Si bien era probable que Leila no hubiese levantado cargo alguno, la conciencia le carcomía el alma. O quizá la había dejado en el purgatorio y ésta era su penitencia. Así habían transcurrido unos días, entre la cama, caminatas bajo la lluvia por la calle, hasta que sin dinero ni nada en el refrigerador tras tres días sin comer, decidió enfrentarlo.

Enfundado en su abrigadora gabardina negra y vendado por debajo del pecho y el hombro, dejando vacía una de las mangas, llegó caminando por la puerta principal del edificio por donde, sin notarse mucho, una nutrida fila de hormigas hacía su característica fila. Alguna fuente alimenticia habrían encontrado en la cafetería de la planta baja. Como nunca, Eugenio se mostró respetuoso y cuidadoso de no interrumpir pisando a algunos miembros de tan afanosa comunidad. Le extrañó su existencia en medio *del artificio mayor: la ciudad.* Entró al lujoso vestíbulo en relucientes granitos negros y se apostó frente a los elevadores. Aquel lujo y precisión técnica entre aceros inoxidables, placas de granito y mármol, laminados de aluminio y cristales a hueso que antes le parecían de excelsas cualidades, ahora las sintió como frívolas muestras de pretencioso alarde.

Finalmente, estaba ya ahí, frente a la puerta del vestíbulo de la oficina de la firma del difunto Oribe. Tocó el timbre y tras el zumbido, empujó la puerta para entrar. Se dirigió hasta donde la recepcionista mantenía la mirada baja realizando alguna labor. Cuando al fin levantó la vista y le reconoció, se sorprendió de verle.

—¿Pero qué te ha sucedido? ¡Al fin apareciste! —Y procedió a dar a aviso.

De inmediato, vinieron algunos compañeros de trabajo, no muy estimados, pero inexplicablemente, mostrando algo de afecto y solidaridad por el aparecido. No estaba seguro de si era por lástima o agradecidos con él por haber acabado con el odioso dictador de ese lugar. Sin duda, no eran las miradas incriminadoras que había temido. Poco después se apersonó la mismísima Leila quien, personalmente, fue hasta él y le dio un abrazo tan caluroso y fraternal que hubiera querido devolver pero su vendaje no se lo permitió. Sintió como si la convivencia y lo sucedido hubieran creado lazos de entrañable pasión entre ellos. Al apartarse le miró a los ojos y luego a la boca, pero entonces, Leila le tomó de la mano y le condujo hasta la oficina principal. La que solía ocupar Oribe. Entraron y ella cerró tras de sí. Dio la vuelta a Eugenio y se fue a colocar frente a él, del otro lado del gran escritorio del despacho.

—¿Cómo me ves? —Le preguntó—. Soy la nueva directora general de la firma.

Esas eran la nuevas. Leila había quedado como sustituta del director tras su incierta desaparición. Según ella, quien se limitó a denominarlo como una desaparición inexplicable de las tantas que hay hoy en día, el Consejo, hombres en su mayoría, había, unánimemente, votado por elegirla como su nueva directora. Parece que las desapariciones pueden, en estos tiempos, simplemente, atribuirse a la inseguridad que priva, y sin hacer referencia a nada de lo ocurrido en el extraño paraje, le ofreció dirigir el departamento de proyectos, mismo que estaría siendo creado en ese instante, y, en especial, para él. Como era costumbre en el proceder de Leila, asumía el consentimiento de su interlocutor sin que éste hiciera siquiera el mínimo gesto.

—Ah, antes de que se me olvide, debo informarte, Eugenio querido, que se ha vendido espléndidamente tu proyecto de la ladera del pueblo.

En realidad, nada podía sacarlo de su *galimatías* ante la circunstancia inesperada hasta que aun así, Leila le despachó encomendándole a empezar cuanto antes con su nueva responsabilidad. Tomó una serie de papeles y pliegos que tenía a un lado del escritorio, como si hubieran estado ahí esperándole, y le dio las instrucciones básicas al respecto. Por último, le puso al tanto de una nueva sociedad, dando un giro industrial, aliándose con una empresa minera de plata. Asunto que le estaría ocupando la mayor parte del tiempo, por lo que en tanto a construcción se tratara, él tendría la responsabilidad.

Eugenio encontró entonces que había malinterpretado las señales del recibimiento pero que dentro de todo, su sueño profesional podría verse cristalizado a cambio de comprender que Leila no le consideraba románticamente. Fue cuando, caminando ya por el pasillo de salida, volteó para interrogarle:

—Leila, ¿y nuestro pendiente?

Ella le miraba aún al retirarse, y pareció extrañarse con la pregunta, pero antes de cualquier cosa, extendió su mano hacia alguien que estaría de lado izquierdo de la puerta y que no alcanzaba a ver bien, hasta que al tomarse de la mano se apostó junto a Leila en cariñosa estampa.

—Mi socia, dueña de las minas de plata Eugenio...

¿Acaso no era Fedra, su Sambuca idealizada de sublime personalidad? Juntas le miraron, y le despidieron mientras, lentamente, fueron entrando y cerrando la puerta de aquella magna oficina.

NOTAS

[1] El título procede originalmente de la "Meditación XVII" de *Devotions Upon Emergent Occasions*, obra perteneciente al poeta metafísico John Donne, y que data de 1624: Nadie es una isla, completo en sí mismo; cada hombre es un pedazo de continente, una parte de la tierra.; si el mar se lleva una porción de tierra, toda Europa queda disminuida, como si fuera un promontorio, o la casa de uno de tus amigos, o la tuya propia. La muerte de cualquier hombre me disminuye porque estoy ligado a la humanidad; por consiguiente nunca hagas preguntar por quién doblan las campanas: doblan por ti. John Donne, *Devotions Upon Emergent Occasions*. Luego también *Por quién doblan las campanas*, en inglés *For Whom the Bell Tolls*, es una novela publicada en 1940, cuyo autor, Ernest Hemingway, participó en la Guerra Civil Española como corresponsal, pudiendo ver los acontecimientos que se sucedieron durante la contienda. Y, finalmente, utilizada por Neil Peart en las letras de la canción *Losing It*, del álbum Signals, del grupo de rock progresivo canadiense Rush.

[2] CAMBIOS Postulado tercero de las Tesis del *Arquifante*. (Ver teoría de la arquitectura del *Arquifante*.)

[3] EL QUINTO ARTIFICIO. Postulado segundo de las Tesis del *Arquifante*. (Ver teoría de la arquitectura del *Arquifante*.)

[4] LA RAZÓN ES MEDIO. Postulado sexto de las Tesis del *Arquifante*. (Ver teoría de la arquitectura del *Arquifante*.)

[5] AUTORIDAD AUSENTE. Postulado séptimo de las Tesis del *Arquifante*. (Ver teoría de la arquitectura del *Arquifante*.)

[6] EL AZAR. Postulado quinto de las Tesis del *Arquifante*. (Ver teoría de la arquitectura del *Arquifante*.)

[7] EL FIN ES FUENTE. Postulado décimo segundo de las Tesis del *Arquifante*. (Ver teoría de la arquitectura del *Arquifante*.)

[8] DIMENSIÓN OMNISCIENTE. Postulado cuarto de las Tesis del *Arquifante*. (Ver teoría de la arquitectura del *Arquifante*.)

[9] Imágenes del Proyecto Truffle por Ensamble Estudio España. Laxe, España: 2010

Epílogo

A partir de entonces se le ve a Eugenio pasar horas durante el día en el taller de la oficina y, otras tantas, de noche, en su privado. A diferencia de lo que hace en el taller, ahí pasa el tiempo escribiendo y haciendo pequeños dibujos esquemáticos en cuadernos. Lo hace con dedicación. Esta afición en particular comenzó poco después de haber iniciado sus nuevas funciones en la compañía. Coincidente con la temporada en la que se hicieron trabajos de demolición y excavación en una vieja casona del barrio de San Ángel. Un trabajador le había reportado el hallazgo de varios tomos de una antigua colección de libros, bajo los escombros del espacio vacío entre la duela de tablones y el suelo natural. Eugenio los recibió maravillado y con asombro, pero una gran carcajada le dobló cuándo al abrir los libros, encontró todas sus páginas formateadas en dos columnas. Una de ellas en blanco y la otra cubierta en ese lenguaje universal de los diseñadores, arquitectos especialmente, a base de rayas, bosquejos, croquis y dibujos esquemáticos. Además, sólo tenían una hermosa encuadernación artesanal, con diferentes títulos cada uno, tanto en la portada como en el lomo. ¿Los estará llenando? Como si fuera una traducción del lenguaje *dibujo* al lenguaje *textual*. O quizá les esté escribiendo el contenido que corresponde a cada título. Ya se sabrá algún día. Por lo pronto, esa afición y otras dos novedades en el taller han sido el sello de Eugenio en la compañía quien, por cierto, ha pedido que se le llame *Eupalinos*.

En su privado, un gran cuadro urbano de algún poblado decora uno de los muros. Resultaron sospechosas las labores que se hicieron de noche para colgar un simple cuadro. En su mesa de trabajo sólo una foto antigua donde luce joven junto a su reencontrada novia Liz. Y, del otro lado, una maqueta, modelo a escala de algún proyecto suyo. Nada particular, salvo una curiosa circunstancia. Observándola con detalle, puede verse que una colonia ha decidido mudarse definitivamente a vivir ahí, a decir por esa hormiga que caminando va, llevando consigo un pedazo de hoja, cinco veces su tamaño, diez veces su peso y los quince volúmenes resolutorios de su propia razón de ser.

FIN

2

Dos cuentos antecedentes

La Estatua

Un día, un buen día, lejos y en otros tiempos, había en la entrada de la embajada Croata en Washington, D.C., una estatua. Honraba a San Jerónimo, considerado doctor de la iglesia por sus escritos y traducción de la Biblia desde el latín en el S. IV. El artista que la realizó había sido un célebre arquitecto y escultor, también croata, de nombre *Iván Mestrovic*. Se trata de un hombre fuerte sentado en el suelo, casi desnudo, volcado sobre un libro en su regazo, apoyando en una mano su cabeza. Más como un estudioso que como un devoto.

Día tras día, ahí estuvo fiel a su tarea de dignificar el espacio urbano, haciendo como si leyese las escrituras del libro, hasta que se cansó. Sin gente en los alrededores por pura casualidad, primero pestañeó con un ojo, y luego con ambos. Con algo de trabajo, y un sonoro *ploc* se despegó la mano de la sien, espantándose las palomas que revolotearon a su alrededor. Enderezó su dorso, haciendo un ligero gesto de dolor, y estiró las piernas, apoyándose con un brazo para no irse hacia atrás. Se quedó por un largo rato sentado sobre el basamento, como si fuera su banco, mirando ahora hacia un lado, ahora hacia el otro, sucesiva y parsimoniosamente, sin que nadie pasara, hasta que se levantó, y decidió caminar rumbo al sur. Algunos le miraron y pensaron que era un *happening*, un mimo o *performance*. En la embajada la reportaron como robada. Nunca se supo más de ella.

Sociedad de Arquitectos Muertos

Toc, Toc... Reinaba el silencio. Y tras un par de minutos lo volvieron a intentar. Uno de ellos alzó su brazo, levantando el pesado hábito marrón y lo intentó de nuevo. Toc, Toc. Tras otro breve lapso, voltearon sus escondidos rostros bajo las capuchas del hábito para mirarse como preguntándose por qué nadie atendía a su llamado cuando, sobresaltados por el intenso rechinido de la portezuela desde donde alguien se asomó para interrogar:

—Bienvenidos, espíritus del vacío... ¿Conocen la clave?

Los encapuchados volvieron a mirarse y, descubriéndose los rostros, pronunciaron las palabras que el guardián escuchó asintiendo.

—*Firmitas... utilitas... venustas...*

Alrededor del inmenso círculo pétreo que serviría como mesa de discusión, giraban, colocándose en su sitio, las ánimas envueltas en hábitos oscuros como si fuesen monjes benedictinos, pero que en realidad eran la sustancia inerte de lo que en vida fueron alguna vez: grandes arquitectos. La misión: conformar las tesis que deberían ser llevadas, de alguna manera, hasta la vida real, en donde deberían ser conocidas por los arquitectos vivos.

Los quince libros del Arquifante

Las Tesis del Discípulo

PREFACIO

Del autor original y sus escribas

Tal y como Platón hizo con las enseñanzas de su maestro Sócrates, quien no escribió su propia obra, fue un atento discípulo quien documentó las enseñanzas del *ARQUIFANTE*. El motivo es similar, pues para Sócrates cada quien debía alcanzar sus conocimientos por su propia experiencia.

El *Arquifante* pensaba que plasmar una teoría de su oficio era un acto de enorme y funesta soberbia. Sin embargo, sabía que alguien lo haría en su nombre y cuidó entonces de preparar los libros con los títulos que enumerarían su pensar, aunque el contenido estuviera en blanco, precisamente para que alguien le llenase después. El autor aprendiz, debió haber convivido mucho tiempo con su maestro para poder adquirir y comprender lo suficientemente bien las enseñanzas y poder plasmarlas por escrito. A su vez, un tercer discípulo, como Aristóteles con Sócrates, quien no le conoció directamente pero, a través de los escritos del primero le aprendió y escribió también.

Un segundo discípulo también escribió las tesis que, como síntesis de cada libro, se transcriben aquí. Del primer aprendiz sólo puede decirse que parecía de bronce y que tenía gran parecido a la versión del *San Jerónimo* hecha por el escultor croata Iván Mestrovic. Y, del segundo, quien escribe estas líneas, nada más le diré, amable lector, que únicamente sabe la gran suerte que ha tenido.

Del contenido

La visión del *Arquifante*, como lo profundiza en el décimo de sus libros; OASIS, BOSQUE Y ÁRBOL, trata de una visión amplia y lejana como la que contempla al bosque y no al árbol. En términos de visión fotográfica correspondería a la de un lente gran angular donde cabe el todo y se vislumbra el bosque como una sola entidad. Pero más aún, sería el conjunto de bosques o ecosistemas que conforman el todo. Es, sin duda, al mismo tiempo, ambiciosa y deformada, como sucede con la visión del lente gran angular, pues se magnifican algunas partes y, además, no se detiene en la infinidad de minucias que el análisis particular implica. Sin embargo, gana en esencia por su holismo, tal y como sucede cuando al diseñar se atiende el conjunto como un todo. Ver nota [1] donde se ejemplifica con la metáfora de Fujimoto, "Nido y Cueva". Por esta razón, es notoria la divergencia que hace con buena parte de las teorías de la arquitectura escritas, pues describe y contiene al modelo privilegiado en un sitio delimitado y limitado dentro de una totalidad mucho más amplia, que en las teorías figuraba como el todo. Este modelo privilegiado, por muchas razones históricas y esencialmente documentales, es el modelo derivado de la cultura clásica, que se desarrolla en la parte del mundo que hoy conocemos como occidente.

Es una visión bio-antropológica y planetaria, y no sólo socio-cultural, ya que se lanza hasta las circunstancias biológicas, evolu-tivas, astronómicas y culturales que por igual influyen al hombre en su adaptación al medio y creación del hábitat humano, en todo el mundo; en todos los tiempos. Por eso es que la consideración temporal es también algo particular, donde no predomina una secuencia cronológica, y va el *Arquifante* desvelándose como si hubiera vivido eternamente, yendo y viniendo como en la máqui-na del tiempo.

De las tesis

Las tesis pretenden ser enunciados sintéticos de cada volumen en un intento imposible de ser justo, pero con la posibilidad real de orientar al interesado sobre la naturaleza y rápida idea sobre el exhausto contenido de los libros. Lo principal que se debe saber, a modo de advertencia, es que el *Arquifante* lejos de pretender ser definitivo, exponía sus experiencias siempre a modo de opinión personal, y advirtiendo que nunca le abandona la sospecha de vivir en la falacia más hermosa del universo.

Eugenio Pali

TÍTULOS DE LOS QUINCE LIBROS

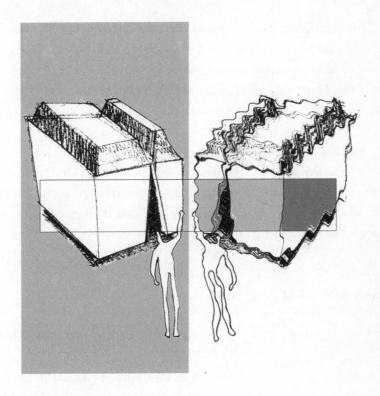

LAS QUINCE TESIS

Tesis del libro I

Tangible intangible

Aunque a final de cuentas se tratase también de una ficción, parece existir la definitiva y tajante división entre las cosas tangibles y las intangibles (Platón). *Se es o no se es*, rezaría un clásico filosófico, ontológico. Lo que a su vez, de manera análoga, hemos implicado a lo real y lo irreal, y de modo más adecuado a lo material y lo virtual. La evocación de lo uno con lo otro ha sido materia central de nuestro devenir. Lo intangible a través de lo tangible; lo virtual a través de lo material; y lo irreal a través de lo real. Como todo, a nivel de maestría se llega al arte. Es en lo intangible, virtual e irreal donde el hombre encuentra su más preciado tesoro: *la emoción*. Al pie del enorme tamarindo, el *Arquifante* siempre decía: "Al tener la fruta en mano, no te alimentes solamente y da sentido entonces al verbo disfrutar", para hacer notar la doble existencia del fruto: su valor alimenticio como materia comestible (lo tangible) y la emoción en el placer de su sabor a delicia (lo intangible).

«*¡Emoción! No hay arte sin ficción.*»

Acaba siendo la sentencia que se descubre en el primero de los libros del *Arquifante*. Esto nos lleva a una implicación ineludible de aclarar, y tiene que ver con una cualidad de lo tangible y lo intangible hasta su siguiente libro.

Tesis del libro II

Lo absoluto y lo gradual

Quizás en lo tangible encontremos absolutos, al menos desde la simple apariencia "la cosa es". Pero en la parte intangible de todo, nada nos puede ser absoluto. Todo se nos aparece siempre en grado difícil de determinar dentro de gamas continuas que se funden entre sí. Leves corrimientos hacia uno u otro grado es en lo que han permanecido las eternas discusiones bizantinas acerca de la verdad de tal o cual cosa, la arquitectura entre ellas, como cuando en el río el *Arquifante* dice:

«*Pez difícil de asir, lejos está de poderse aprehender. Deja mejor, que escurra entre los dedos hasta que se halle cómodo. Nada más lejos de la verdad única y fácil de reconocer.*»

En el libro de los absolutos y gradaciones se expone el símil que el *Arquifante* hace entre la teoría de la realidad y la teoría cromática de la luz, donde no existen colores absolutos, sino gradación de luz. Aunque, por efectos prácticos, exista una convención para definir algunas cantidades o frecuencias, como si fuesen colores absolutos. Esta consideración se opone a la tentación que muchos han tenido por asignar un valor absoluto de bueno, o malo en ausencia, a cosas como la utilidad o función. Según su entender, existe siempre una proporción muy grande en la capacidad del hombre para adaptarse a un espacio por lo que el "ajuste" o "función exacta y precisa" es realmente una ilusión de momento, a menos que se le considere bajo la perspectiva de la gradación.

«En la gama, existe un rango amplio al que nos acoplamos fácilmente, otras con cierta comodidad y otras con recelo como las abejas al panal, y las hormigas a su laberinto.»

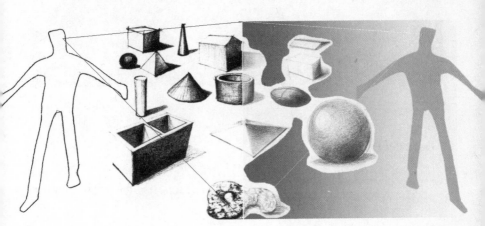

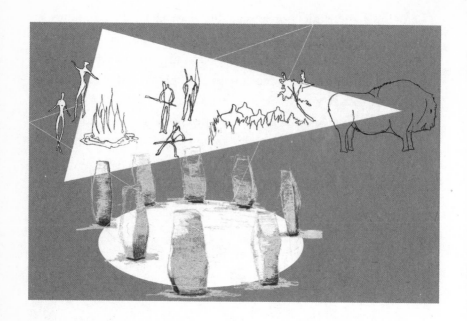

Tesis del libro III

Origen del artificio

Al *Arquifante* le fascina la manera en que un filósofo del S. XX
(E. Morín) pone en palabras el hecho que da paso a la transición
que hace aparecer al hombre como tal, y le suele parafrasear en
sus caminatas:

«El cazador se convirtió en hombre
Y no el hombre en cazador.
La cacería da habilidad y capacita al homínido.
Convirtiéndole en un ser capaz de interpretar gran número de
ambiguos y tenues estímulos sensoriales.
Tales estímulos se convierten en señales, indicios, mensajes.
Y aquel que sólo era capaz de reconocer ya puede conocer.
Pone frente a frente a la inteligencia con lo más hábil y astuto que
existe en la naturaleza:

La lucha entre la presa y el depredador,
con sus disimulos, maniobras y equivocaciones mutuas.
Le obliga a encontrarse frente a, y competir con lo más peligroso
que existe:
El gran carnívoro.
Estimula aptitudes estratégicas, atención, tenacidad,
combatividad, audacia, astucia, señuelo trampa y acecho.»

En algún momento surgió algo así como el *Exopensar*[2]: llevar parte del proceso de pensar hacia afuera del cuerpo, haciendo, simultáneamente, que el entorno pase a formar parte del *pensar*. El humano se expande en el ambiente. Este pensamiento externo del hombre se hace colectivo y se llama cultura y podría significar la primera apropiación del ambiente por parte del hombre.

«La dialéctica *pie-mano-cerebro-herramienta* es la madre de toda técnica. Es decir, que toda técnica, comienza siempre a partir de nuestro cuerpo proyectándose hacia afuera. A su vez, es el modelo no sólo mecánico, que entraña el desarrollo técnico. De manera análoga, se comienza a usar el fuego, cosa que representa un salto cualitativo de enormes consecuencias. Representa pre-digestión externa, menos tiempo de aletargamiento digestivo, por lo tanto, mayor capacidad de estado alerta y vigilia; a su vez ahuyenta depredadores haciendo que el sueño sea más seguro y reparador. El refugio tiene mayores posibilidades de perdurar, establecerse.»

El *Arquifante* lo resume así: «El fuego da oportunidad al hogar, lugar de protección y refugio en donde dormir seguro... y también soñar.»

Mientras cazando aprende a inventar, planear y organizarse, las intenciones se diversifican y es cuando con la comunicación (aunque ni el símbolo ni el rito le son exclusivos) se detona para que en el caso del hombre se inicie una progresión de objetos creados por su mediación y no dados por la naturaleza. O sea, artificios. La podemos considerar como punto de partida. La sucesión parte de esa habilidad compartida con otras especies: la comunicación, pero se proyecta inventando otros artificios como la técnica para crear más y mayores artificios que ya le son muy particulares y característicos. Desde la cuña hasta la megalópolis.

Dentro de esta sucesión, la arquitectura como tal, podría ser el quinto artificio en aparecer, superando al refugio temporal sin grandes acondicionamientos. Esta progresión se podría describir distinguiendo dos líneas paralelas entre tangibles e intangibles que conducen a la arquitectura en cinco gigantescos pasos:

Comunicación
Lenguaje – Símbolos
Técnica – Artes
Estrategia – Tecnologías
Construcción – Arquitectura

En los tangibles, a partir de la comunicación la sucesión son los símbolos, las obras de arte y las tecnologías hasta llegar a la arquitectura, «tangible» como mera construcción.

Y a partir de la comunicación, los intangibles son el lenguaje, la técnica y la estrategia para que aparezca la arquitectura como fenómeno intangible de emotiva expresión cultural.

La suma de estos y otros artificios, unos tangibles y otros intangibles, crean un intangible mayor, el «*Exopensar de los hombres*», que conocemos como *culturas*, cuyos vestigios trascienden el tiempo a través de sus tangibles. Así le gusta al *Arquifante* explicar en breve los tres momentos cruciales del génesis de su pasión.

Él dice:

«El origen está en tres capítulos:
La aparición del exo-pensamiento.
La sensación de hogar.
Y los cinco grandes pasos.»

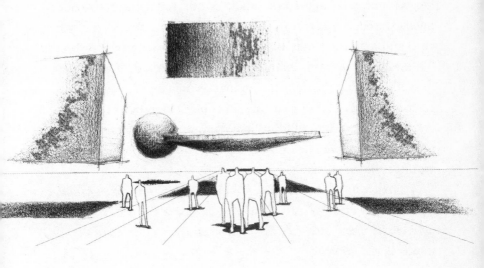

Tesis del libro IV

El hombre se expande en el ambiente

Aunque toda especie es parte de una entidad mayor, conocida como ecosistema, y se encuentra implícitamente dependiente y necesitada de todas las demás partes del sistema, es sólo en el caso del hombre en el que hay una emergencia (de surgir) que se apropia del medio en otra forma. El pensamiento, cosa que parece existir en otras especies también, se entiende como algo que ocurre únicamente en el interior de los cerebros, ha resultado que en el hombre se ha expandido al ambiente y, en conjunto, crean una forma de pensar diferente. Gracias a las adaptaciones del medio que hace el hombre, se va ayudando a pensar más y mejor hasta que...

    «El pensar del hombre flota en el ambiente.» —Decía el *Arquifante.*

    Por esta razón de que el medio ambiente se integra como parte de la forma de pensamiento humano y de que se comparte entre los miembros de una comunidad, es que todas sus actividades quedan supeditadas y determinadas por ella. A este éter que flota en el ambiente, el exo-pensamiento, le conocemos también como "cultura", y es la forma en que piensa el conjunto de hombres. Se deja al individuo aparte como en una colonia de hormigas donde en conjunto forman únicamente un ente. O los árboles que en un bosque son uno solo. El libro describe uno de los supuestos capítulos fundamentales de los que según el *Arquifante*, originaron la arquitectura en el planeta.

«Como ninguno, bien o mal, el hombre se hizo uno con el Mundo y lo convirtió en su cueva, su morada, su casa y hogar al cual le va dotando de nidos, estancias y habitaciones particulares. Pero su casa su casa es el Mundo.»

Tesis del libro V

Es el cambio o es el tiempo

Premisa perpetua.

Sólo prevalece el movimiento como firme devenir que permite la existencia de un «trascender». El tiempo es cambio, y el cambio en aceleración exponencial, se vuelve una sensible constante.

Los paradigmas de cada arquitectura, estilo (ver Libro XI El Modelo) o movimiento, se restringen a su época, perdiendo con el tiempo su vigencia, mas no su valor. Su valor se ha de subordinar a considerarse dentro del marco de su contexto temporal, tal como suele suceder con su respectivo contexto espacial. Sin embargo, su vigencia cambia. Esta constante acaba siendo la única premisa que trasciende en el tiempo. El cambio es la única constante inevitable. Pero, ¿por qué esta obvia reflexión en torno a la arquitectura?

El *Arquifante* explica en su taller que casi toda teoría de la arquitectura puede analizarse en tres partes. Primero debe descubrirse el glosario para los conceptos fundamentales que se emplean en ella, los cuales estarán derivados del pensamiento y filosofías imperantes. Segundo, deben pasar por un análisis histórico que llegaría hasta la interpretación más actualizada y, en su caso, a partir de esto, algunas terminarán en una propuesta para el "deber ser arquitectónico" del futuro que se ha emprendido desde ese momento. Ámbito/Interpretación/Emergencia. Para intentar significar una "evolución", esta propuesta tiene que ser siempre un rompimiento, suave o fuerte, con el paradigma vigente o estatus quo correspondiente, pero que también pueda mantener cierta ilación con los valores de la teoría más acreditada hasta entonces. Esta propuesta nueva viene ejemplificada con obras de recién factura que patentan el cambio. El devenir de cambios hace suponer un progreso o una *evolución* como permutaciones que van mejorando y optimizando la arquitectura, pero en realidad depende del criterio bajo el cual se le considere, mismo que suele ser limitado a una línea, parcela o paradigma dominante, por ejemplo, la economía de mercado y sus fieles acompañantes, la moda y el gusto imperante.

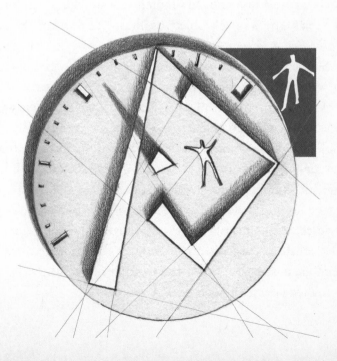

Bajo el criterio de progreso que pareciera prevalecer en este engañoso mundo, se suele escuchar la afirmación de que ha habido una clara y vertiginosa evolución arquitectónica, pues así se acusa en comodidad, tecnología, plástica y funcionalidad. Pero bajo otra forma de entender el progreso, como bajo una perspectiva ecológica y social-económica, no parece acusar esa misma clara evolución hacia la optimización y mejoría. Como si se tratara de metales preciosos, *el* Arquifante dice:

«Así como no todo lo que brilla es siempre oro, no todo cambio significa progreso, más, sin duda, ha de tratarse de un brillo precioso.»

Tesis del libro VI
Dimensión omnisciente

Principio hedonista y sensual

Pareciera que la única y verdadera fuerza subyacente capaz de movilizar al ser humano, en simultánea distinción y similitud con las demás especies hacia objetivos, fines y razones son: *El placer y la supresión del dolor.*

Similar con las demás especies pues es instinto de supervivencia, y distinto, pues está elevado a niveles de construcción cultural. Esto en sentido epicúreo dice el *Arquifante* (que presume de haberlo conocido en Samos), es donde no se limita al sentido fisiológico, sino se amplía a los estados de ánimo, de felicidad o de desgracia. Aparte de esta *hedonista* condición, se desarrolla todo un sistema de razonamientos científicos y filosóficos hasta llegar a los postulados del arte y de la arquitectura. *«Seré extremista»*, dice, *«pero al extremo del hilo proveniente del hedonismo y del sensualismo se encuentra la moda y el gusto imperante.»* Estos paradigmas son la etiqueta racional del hedonismo y la simple sensualidad del fenómeno de percepción.

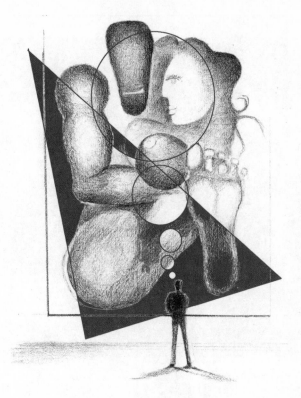

No quiere decir que estos razonamientos *a posteriori* científicos y filosóficos sean falsos, sino que son sólo las elocuentes explicaciones del movimiento en términos racionales, pero como efecto temporal al momento histórico, y no como causa. Son un invento posterior. La emoción que mueve las entrañas demanda su análisis racional para adquirir una validez universal dentro de la esfera intelectual que el hombre se ha creado. En alusión a quien tuvo que retractarse a pesar de tener la razón, el Arquifante dice:

«*Y sin embargo se mueve, dijo Galileo. Y sin embargo es el placer, digo yo... pero os otorgo la razón.*»

El libro sexto se explaya en las consideraciones estéticas, biológicas y psicológicas que terminan por producir diferentes formas de placer arquitectónico en consonancia con las diversas culturas. Recorre la plástica de lo considerado como arte en conjunto con las posturas neurológicas y psicológicas, como las del doctor Sigmund Freud.

Tesis del libro VII

El azar, impulso accidental

La procuración y convivencia con el accidente, o el hecho fortuito, hace una diferencia cualitativa sustancial. El accidente es impulso y se convierte en tema global o particular. El *Arquifante* piensa que la metáfora es finalmente un accidente y, por lo tanto, el accidente puede ser metáfora, al andar en caminos sin guarniciones. La liga con lo real es un artificio, mayor o menormente consensuado, y más directo o indirecto con la finalidad física y tangible. En realidad, ninguna razón lógica justifica más un accidente/metáfora sobre otras. Todo recae, finalmente, en el principio hedonista y su fuerza en el medio. Hablar del allá y de lo otro, mientras habito el aquí y el ahora comienza con el azaroso proceder de dejarse llevar por ocurrencias singulares que mediante audaces caminos, se hacen converger al cometido (Schulz). Pero el impulso inicial suele ser un mero accidente azaroso, voluntarioso y enigmático. Mucho se habla en otro de los libros sobre los procesos y métodos de trabajo al concebir del *Arquifante*, pero con frecuencia se le escucha advertir:

«Si del procedimiento he de hablar, sólo diré que el inicio es un accidente del que hay que sobrevivir...»

En este libro se describe lo peculiar que para el *Arquifante* resulta la aventura creativa, haciendo énfasis en el comienzo, también conocido como el *salto al vacío*. Entre lo que se entiende como creatividad y lo que se entiende como azar, para el *Arquifante* hay poca distinción.

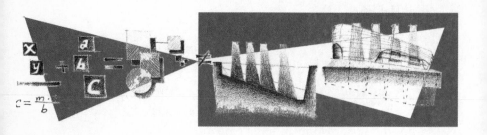

Tesis del libro VIII

La razón es medio

La razón y uno de sus propios productos: la ciencia, son los medios más eficaces para la concreción de cualquier iniciativa, incluyendo la artística y la arquitectónica, pero es sólo eso, un medio. Un a *través de*, un instrumento. El fin no está en la razón, está en otra parte. Como es visto en el Libro sexto —*el principio hedonista*—, la razón queda sólo como una capa adherida sobre la sensual, dándole el sentido capaz de comprenderse en términos intelectuales, y adquirir la posibilidad de concretarse en un tangible objeto construido. No obstante, sin medio no habría tangible alguno por lo que la razón es pieza clave. Recordando al poeta Muriel Rukeyser, el *Arquifante* dice, equiparando amor a placer, que:

«Así como el universo está hecho de historias y no de átomos, nuestras obras son placeres (amores) más que razones.»

En este libro es donde el *Arquifante* habla sobre las partes más técnicas de la disciplina. Mismas que van desde métodos de dibujo, diseño e inspiración, hasta métodos y procedimientos constructivos y tecnológicos para materializar las ideas en un tangible arquitectónico. Así como también, de la forma en la que los requerimientos espaciales demandan ser dispuestos según las diversas actividades humanas, en dimensión, proporción, secuencia y proximidad (utilidad, función y cometido). Se ahonda en las características topológicas del espacio que promueven y evocan actividades específicas. Lo curioso e importante de este último capítulo del libro es que reduce casi toda actividad humana a extensiones del que considera el programa madre, el programa del *hogar o casa*. Después de la generalidad programática en todo ejercicio que parte del afuera y el adentro (exteriores e interiores), lo considera como el único programa realmente constituido por las esferas fundamentales de la cotidianidad humana en perfecto balance jerárquico: El dormir, el comer, el estar/esparcimiento, el taller/huerto, el estudio/trabajo y el apoyo/asistencia. O sea, las habitaciones, la cocina y comedor, la sala de convivencia, el lugar de trabajo, el estudio o lugar de actividad productiva e intelectual, y los servicios o actividades de apoyo a las actividades principales. Inclusive, hasta los géneros religiosos y funerarios habían estado muy presentes en los hogares, y de alguna forma subsisten en algunos. Así resulta que todo programa puede considerarse como una hipertrofia de alguna de estas esferas. Un hotel es una casa hipertrofiada en todas sus áreas, especialmente en número de habitaciones para dormir. Pero si subdividimos, uno de sus comedores (restaurantes) sería la hipertrofia del área para comer (cocina y comedor), junto con la hipotrofia, o disminución, de otras áreas, como cuando se trata de unas oficinas, donde la estancia se reduce y desaparecen las habitaciones para dormir. En cambio, un corporativo es la hipertrofia del área de trabajo, como también en las industrias, pero las demás esferas pueden estar presentes en proporción disminuida. Por eso el *Arquifante* manifiesta:

«*Me ha convenido y le aconsejo a usted, atender toda iniciativa arquitectónica en analogía al hogar.*»

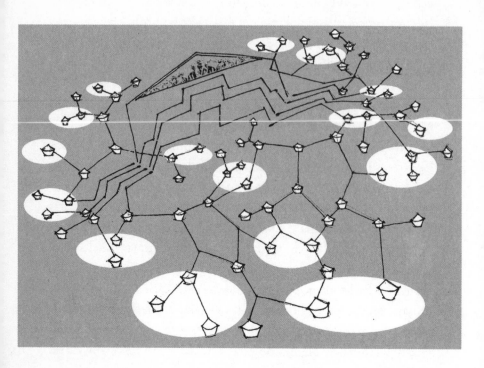

Tesis del libro IX

Autoridad ausente

El bien·y el mal

Al escaparse el fin (ver tesis Libro XIV El Fin es Fuente) tanto del campo de la verdad, como de la razón, se infiere la imposibilidad de la existencia de una autoridad. Todo queda en aproximaciones hacia el fin (u objetivo). En el arte y la arquitectura, como en la política —cosa de cultura humana— dice el *Arquifante* que es exacto lo dicho por la amante de Heidegger, filósofa al fin, Hannah Arendt[3]:

«En el mundo moderno no hay ya lugar para la autoridad. Es una conversación que no admite argumentos de autoridad. Es un régimen en donde todo puede ser cuestionado, es el mundo que no acepta invocaciones de superioridad moral, representaciones de lo ul-

tra terreno, ni mensajes de los muertos. La mecánica de la autoridad depende, en efecto, de la fe y de la tradición, basándose en lo pretérito y lo sobrenatural, la figura de autoridad pretende reparar esa liga mística y regresar a un tiempo que se imagina de hermandad.»

Al respecto, el *Arquifante* sólo dice que lo relevante es que hoy apenas se reconoce en política lo que ha sido siempre en otros campos. Una arquitectura es buena o mala, valiosa, efímera o trascendental según la cultura y sus soldados de autoridad lo juzguen. Pero debido a que la cultura es un pensamiento, y el pensamiento es un proceso, sus juicios son siempre limitados y acotados al momento, nunca una verdad definitiva. Sin embargo, dicta y califica cómo han de ser las cosas en un determinado momento, con o sin razón. Estos soldados son hoy conocidos como los críticos, y su labor, la crítica especializada. Muchos de ellos están ajenos a la construcción de tangibles pero se concentran en sus efectos intangibles. Más que soldados se han convertidos en jueces que, a veces, sin posible firme asidero, son algo más que intransigentes. En cuanto a juicios, concursos, jurados y dictámenes se refiere, termina el *Arquifante* por decir:

«Amigo correligionario, aún no sabemos lo que edificamos, pero ya lo califican como si estuviera terminado... Una cosa es adaptarse, y otra decir que lo hemos logrado.»

Da a entender que la empresa nunca está concluida, y siempre en proceso, y que el jurado está siempre emitiendo juicios absolutos sobre efectos relativos, y apenas en construcción. Pero, sobre todo, tomando la misión arquitectónica como un imposible de calificarse, pues existe una gran parte que reside más en la capacidad de adaptación al medio que tiene el hombre, que en las cualidades de la arquitectura. El *Arquifante* refiere a Oriente, en donde a través de la metáfora de Fujimoto se hace diferencia entre nido y cueva[4], para explicar lo acondicionado y lo adaptado, difiriendo de Fujimoto cuando pasa por alto que el árbol es como la cueva en donde se adaptó un nido (ver nota [1]).

«*El momento aquel, hacia el que tienden tanto críticos como arquitectos, y que algunos creen haber alcanzado, sería en realidad, el
final de la arquitectura. No el fin, sino su desaparición.*»

Por otro lado, la autoridad suele verse supeditada a la existencia de un criterio moral, cuando menos de conveniencia: lo bueno
según lo conveniente. Y, sin embargo, en muchas ocasiones, se
escala a criterios de verdad y bondad. Sin duda, piensa el *Arquifante*, que en todo aspecto se implican dosis de moral en el diseño,
pero piensa que en cuanto a los aspectos más significativos, *el bien
y el mal* según criterios de verdad o de bondad, resultan siempre
inadecuados, por no decir que absurdos.

Tesis del libro X

Oasis, bosque y árbol

La élite, el grupo y la unidad

Arte y arquitectura lo son en todo ámbito humano. Están im-
plícitos e implicados en la humanidad. Y, por lo tanto, no es propio sólo de élites, ni de grupos, ni del individuo. Lo hay tanto en
las élites, en los grupos, como en el individuo. Arquitectura la hay
no únicamente por trascendencia histórica, ni jerarquía política,
ni fama autoral. La hay tanto por estas razones como sin ellas. Es
usual que se considere arquitectura (y arte) nada más a aquello
que tiene los valores de la cultura dominante en un determinado
momento. Esto ha sido el juicio estético según una construcción
cultural dada (como la unicidad de la obra); y la capacidad de uso,
habiendo una gran cantidad de fabricaciones (construcciones) a
las que no se les otorga el calificativo de arquitectura, u obra de
arte. «*Es, y no es así*», dice el *Arquifante*:

El oasis es la arquitectura propia de la élite como si fuera isla entre el desierto de *no arquitecturas*. Responde a capacidades económicas, culturales y sociales. Pero no es la única. El desierto es más bien un bosque con miles de árboles que son la unidad. Cada unidad es arquitectura y gracias a esto, el bosque es una arquitectura en sí. Arquitectura, la hay en todos los niveles, escalas, estratos o condición social. Y por igual, en todas sus intensidades. En una de sus más complejas frases, el *Arquifante* dice que no se trata de costo, tamaño o autor. Ni sólo de la pieza, el fragmento o el conjunto, sino de su simultaneidad en todo ello. Este principio se deriva de un sabio refrán que versa sobre la imposibilidad de ver al bosque si se está demasiado cerca de uno de sus árboles, y viceversa cuando se está muy lejos. Sin embargo, el *Arquifante* advierte:

«*El conflicto de la simultaneidad surge cuando la visión general tiende al autoritarismo y la particular a insurrecciones... La élite cree y ve sólo el oasis, pero el desierto circundante es, en realidad, un bosque, unidad a su vez conformada de unidades —árboles— sumisos y rebeldes...*»

El peligro es notar únicamente la insurrección dentro del sistema, o sólo el total sin sus insurrecciones.

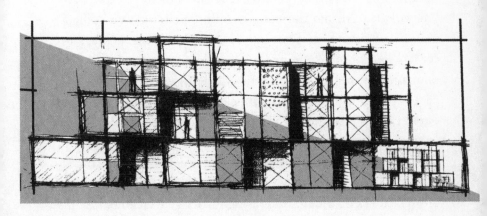

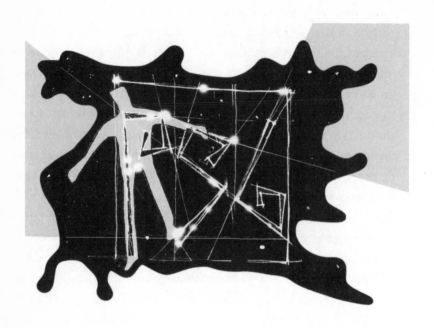

Tesis del libro XI

El modelo

Una ilusión de orden

Único y aún sin descifrar, el artificio nace a imagen y semejanza de lo único disponible en la realidad circundante: la *naturaleza*, y el *universo*. Mismo que se ha venido descifrando en códigos, unos matemáticos, otros no, como los estéticos. Finalmente, estos códigos no son más que una manera de organizar nuestro pensamiento con respecto al entorno. Es decir, un criterio de *orden* para entender la realidad. Los artificios persiguen el modelo según estos criterios de orden. O sea, persiguen de alguna u otra forma, parecerse a la naturaleza.

Por un lado, gracias al continuo surgimiento de conocimientos (desciframiento del código) se permiten nuevas formas e interpretaciones de orden. Para las siguientes generaciones siempre hay una nueva manera de entender el orden. Por lo que la lección que nos queda, remarca el *Arquifante*, es que:

«Siempre estamos ante una ilusión de orden momentánea.»

Tras varias interpretaciones formales del modelo original, el modelo se convirtió en modelo, y el modelo del modelo en otro modelo, por lo que sigue existiendo el mismo único modelo al fondo, pero con capas sobre de él. Así, la cultura arquitectónica ha creado modelos propios haciendo auto-referencias antes de hacer referencia al modelo original, la naturaleza, haciendo el argumento más complejo, y muchas veces, más rico. Es cuando el *Arquifante* cita el anónimo pero conocido adagio:

«Si todo en la vida es una ilusión, dejemos entonces que vuele la imaginación.»

Los capítulos de este libro hacen un recorrido por los modelos que se convirtieron en modelos, es decir, los estilos. El ESTILO es este conjunto de reglas, signos y simbolismos que conforman el modelo derivado del anterior. Profundiza en cómo se implican deidades y divinidades a partir de la observación y experimentación de la naturaleza y cómo son después transportados a un sistema de *símbolos* que se utilizan para dedicar las arquitecturas a determinados usos, según les correspondía la divinidad. Continúa con la manera en que estos modelos, a los que se llamó *estilos,* fueron creando una capa más para determinar poderíos militares, y luego otra para jerarquías sociales, y luego otra para determinar divisiones socio-económicas, y así sucesivamente, hasta que se conformó un vocabulario, con todo y alfabeto, al que se puede recurrir cada vez que en la creación arquitectónica se quiere expresar algo determinado y dirigido a cada cultura. El contenido de este libro dedica una buena parte al estudio de los modelos surgidos a partir de otros pero no necesariamente en forma cronológica, sino en una categorización según un gradual camino desde el modelo más figurativo hacia el más abstracto, que se corresponde desde el más fiel a la naturaleza, hacia el más artificial. Del más orgánico hacia el más mecánico, en el entendido de que está en la *máquina,* uno de los artificios más evidentes creados por el hombre.

Pero este libro es uno de los más voluminosos ya que, del

modelo, el estilo es sólo la parte semántica y hermenéutica (de significados e interpretaciones). Del mismo modelo, de la naturaleza, se desprenden otros sistemas que, paralelamente, al *estilo* van complementando la aprehensión del modelo original (el universo). Como se ha dicho, otro de estos es el matemático, que ayuda también al surgimiento del geométrico, mismo que se vuelve determinante para posibilitar la concreción de las ideas en tangibles construibles. Entre las geometrías matemáticas (analítica) y la euclidiana (descriptiva), de otro célebre griego a quien el *Arquifante* presume haber conocido en Alejandría, nació una forma muy peculiar de entender al universo: el estético. Es decir, a través del placer que produce lo bello, pero a diferencia de cómo se expone en el Libro sexto «Dimensión Omnisciente», en donde se alude a los placeres más instintivos de la especie, en este volumen se hace en base a esos sistemas emanados de la decodificación sensorial del universo.

En conjunto a la observación protocientífica que se va desarrollando por el camino de cálculos y ecuaciones, que entre muchas propuestas, dilucidaron la realidad en tres dimensiones con Euclides, se describen también en términos de pura percepción "formal", que no es otra cosa que utilizar la *metáfora* física y visual. Así se descifran constantes en el universo y características evidentes en la naturaleza, como las correspondencias de lo oscuro y lo claro, como en la noche y el día, comprendiéndose así la magia del *fondo*, la *figura* y el *marco* contextual. De aquí las figuras como sólidos platónicos (que el *Arquifante* reinterpreta un poco en los sólidos del *Arquifante*.)

De la aparente línea recta conformada por la visión de nuestros ojos, se desprende el elemento más esencial de la composición: el eje. Del mismo *contraste* entre noche y día, y a los lados de un eje, se describe la SIMETRÍA de los cuerpos y rostros. O del *equilibrio* como el peso de las ramas de uno y otro lado opuesto del tronco de un árbol, o el balance entre el agua depositada en un par de esteros con vasos comunicantes.

El latido del corazón debió de haber sido el primer motivo para denotar las formas rítmicas, que de la música se traslada a las demás artes. El ritmo permite a la acompasada repetición de figuras iguales, o muy similares, que junto a lo matemático, terminaron por demostrar las formas aditivas y sustractivas para la creación de otras figuras, que como el átomo, se entendió como módulo, mediando disposiciones de distanciamiento, toque, unión, penetración, intersección y superposición. A su vez, el cambio en la velocidad de este compás hizo notar las aceleraciones y desaceleraciones rítmicas dando paso al entendimiento de que las cosas se presentan casi siempre en gradaciones. Que, a su vez, explican lo disperso y lo concentrado. Lo agrupado y lo aislado.

Mientras que todos estos fenómenos formales se explican de manera sensorial, son metáfora de sus fundamentos matemáticos correspondientes a las fuerzas físicas del universo: la gravedad, el movimiento, la luz, la traslación, la rotación, la composición química de los materiales, las frecuencias y longitudes de ondas, la temperatura y sus efectos sobre la materia. O cosas mucho más simples pero no más obvias como números tales como Pi, y como la razón áurea en la serie Fibonacci, en el Nautilos y en otras formas naturales. La perspectiva visual y la estereografía, la armonicidad del sonido, la geodesia y la condición de la dimensión en la que estamos contenidos y que nuestros sentidos alcanzan a percibir.

Para concluir, y dar el principio a su siguiente volumen, el *Arquifante* aclara que a pesar de que todas estas apreciaciones estéticas parecen estar fuertemente enraizadas en el concepto de ORDEN, no hay que olvidar que hasta hoy, sucesivamente se ha demostrado que todo supuesto orden es una especie de ilusión óptica.

«El espejismo de orden, mi querido amigo, es el espejismo del espejismo que podría estar ahí.»

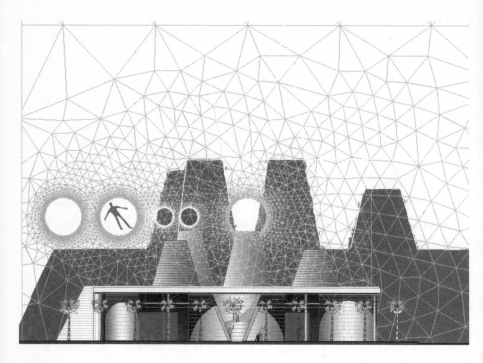

Tesis del libro XII

El contrarresto entrópico

Neguentropía, sintropía o entropía negativa. Tendencia a la organización y complejidad creciente. Autorreparación y funcionamiento con avería local.

En forma de continuación tanto del libro anterior: «El Modelo», como del Libro tercero: «Origen del Artificio», aquí el *Arquifante* nos ilustra sobre otro concepto que nace cuando el cazador se hace hombre desarrollando aptitudes estratégicas. Esto es la ORGANIZACIÓN. Organizarse como grupo, organizarse para enfrentar los embates del clima, organizarse para combatir al enemigo u otro peligroso depredador, organizarse para la vida. Esta noción también se presenta en la singular disposición de todas las cosas, y pareciera que también en el universo. Aunque *organizado* pudiera entenderse como *en estado de orden*, es diferente pues debemos entenderlo como siempre relativo a un objetivo o criterio. De manera profunda y mucho más allá del tema que tratamos, esto ha dado pie a una de las confusiones más profundas pues, siendo que el hombre ha aprendido lo que es *organizar*, ha trasladado esto al universo pensando que está organizado con un fin, y eso no lo sabemos, y por lo que al *Arquifante* respecta, nunca lo sabremos, queda mucho más cerca el que en realidad, el universo, y sus aparentes organizaciones, no tienen un propósito como lo entiende el hombre. El hombre se organiza de determinada manera para alcanzar determinado objetivo, pero esto no quiere decir que así lo haga el universo. Sin embargo, la descripción física del mismo puede ser descifrada en torno al concepto de ORGANIZACIÓN, aunque quizá se trate sólo de una metáfora hecha por accidente, y con ayuda de la geometría.

Con el libro anterior «El Modelo» se contempla lo más básico, pero suficiente para poder notar en el universo la combinación y superposición de capas con los mismos principios de la forma, que entonces empieza por encontrar a la organización más elemental y más pura de todas: la *lineal*, en la que a lo largo de una sucesión de puntos se repiten las partes de la organización. La línea puede ser recta o curva. Agregando a ellas una repetición, se describen otras formas de organización a las que se les puede entender como las estructuras en la naturaleza. Se trata de *tramas* o *redes modulares* como telarañas, simples y complejas, que sirven como *ejes* y *pautas directrices,* en las que subyacen los fenómenos de *figura, fondo, marco, simetría, equilibrio, balance, repetición, ritmo, graduación, dispersión, concentración*[5] e, incluso, una rara especie de *contraste*, que aunque a veces no tenga una explicación clara, está sumamente presente en el universo: la *anomalía*. El *Arquifante* lo expresa así:

«Como el lunar junto a la boca de Afrodita, de entre los números mágicos y perfectos del Universo, siempre hay un misterio en la gracia de la anomalía.»

La siguiente estructura es la *radial*, que consiste en tan sólo un punto y su enésima explosión de vectores en toda dirección como sucede con los rayos solares. Y su casi gemela, la organización *concéntrica*, donde a partir de ese mismo punto se disponen otros puntos, pero con dimensión y magnitud que se convierten en círculos o esferas en torno al punto original (centro) como ondas en el agua al caer una roca perpendicularmente. Las organizaciones *lineal, radial* y *concéntrica* funcionan como colores primarios a partir de los cuales son posibles un sinfín de combinaciones para la descripción/creación tanto de módulo (átomo) como de estructuras. El símil del átomo es la primera capa, conformada por sus partículas subatómicas, como el *módulo* de *sub-módulos*. Luego viene la segunda capa o nivel, formado por la estructura, que podría ser la molécula para seguir utilizando el fundamento de la química, en donde se presentan o aplican, los fenómenos de: *fondo/figura, marco, simetría, equilibrio, balance, repetición, ritmo, gradación, dispersión, agrupación, contraste, alineación, pauta, trama, radiación, concentración y muchos otros*[6].

La observación se vuelve descripción y la descripción motivo para la realización de organizaciones, o lo que una vez en representaciones gráficas son DISEÑOS. A partir de estas organizaciones básicas en dos niveles, se proyecta una tercera nueva capa en donde las descripciones formales abren paso, también, a nuevas realizaciones de diseño en una escalada que va haciéndose cada vez más compleja. En el siguiente libro, «Escalada a la Complejidad», el *Arquifante* aborda este fenómeno, pero antes deja establecida la frontera en donde las descripciones/creaciones comienzan a tener un mayor requerimiento tecnoconstructivo, pues justo así como la física clásica de Einstein y Newton es elegante por sencilla, capaz de reducirse a tres letras y un exponente: $E=mc2$, la geometría que se demanda en la siguiente escalada, pareciera corresponder a una física más compleja. En realidad es la misma física, pero más elaborada, como si fuera otra. Lo dice así:

«*Hay un borde, una frontera que nos mantiene en lo cuerdo, o nos proyecta a la locura...* »

A la parte anterior de la frontera, le llama FORMACIONES, y a la posterior le llama DEFORMACIONES, agregándose capas sobre las repercusiones técnicas, económicas y sus efectos plásticos que:

«*Mientras la complejidad formal es indirectamente proporcional a la firmeza del edificio, y la complejidad de la geometría es directamente proporcional con el coste, los efectos estéticos se mantienen con nula correspondencia, pues los motivos de estos dependen de otras cosas.*»

Tesis del libro XIII

Escalada a la complejidad

Fascinación y enajenación

A medida que se ha ido decodificando el universo, el hombre se ha sumergido y descubierto en una aparente *infinita escalada* a la complejidad del universo, y de su propia naturaleza. A tal grado que se ha dado cuenta de que lo que le parecía falto de orden, es en realidad resultado de un orden más complejo cada vez, pero orden al fin. Tiene, inclusive, una forma ordenadamente matemática para describir el desorden en la teoría del caos, como el péndulo y el magnetismo en el *atractor de Lorenz*. Esta implicación es una invitación a las mentes creativas que con fascinación se dedican a manejar la complejidad tanto en geometrías como en metáforas, para concretar obras. Para ello, algunos se valen de tecnología y medios más sofisticados, como la computación, y otros no. No depende de esto. El modelo sigue siendo el mismo: el universo. Sin embargo, efectivamente, ha ayudado a muchos a

incrementar su penetración en la escalada a la complejidad, incluso a niveles de enajenación. Es decir, donde la complejidad se convierte en fin. Como en todo, no pasa de ser fiel reflejo del momento que le corresponde.

Obediente a su segundo Libro « Lo Absoluto y lo Gradual» el *Arquifante* desarrolló grado a grado su pensamiento en torno a esta escalada a la complejidad. Comenzando por lo más sencillo y aumentando la complejidad, gradualmente. Así, comenzó agrupando las complicaciones en *DEFORMACIONES PRIMERAS,*

SEGUNDAS y TERCERAS. Advirtió que llega hasta las terceras, sólo porque se siente incapacitado de concebir más allá, pero que no duda de sus posibles existencias. De hecho, aunque es exhaustivo en su exploración, menciona que también es probable que se le escapen deformaciones posibles desde las primeras. Pero lo más importante es que se trata, tanto de una sumatoria de deformaciones, como independientes. Es decir, que una deformación secundaria puede ser esa que viene a sumarse a la primera deformación descrita, o aplicada en la forma sin una primera deformación. Lo que es una constante, es que es una aplicación a una primera composición. En la historia contemporánea es posible comprender esta propuesta en lo conocido como deconstructivismo (deformación), tanto semánticamente en la deformación del significado (interpretación) como formalmente. En términos prácticos se trata de una secuela a la primera acción/interpretación de la *construcción/formación*.

Dentro de las primeras deformaciones exploró la *fragmentación*, el *desfasamiento*, la *torsión*, la *flexión*, la *extrusión*, el *estiramiento a tensión*, *superficies regladas*, los *nudos*, la *compresión*, el *apisonado*, el *hundimiento* y, en general, cualquier maleabilidad que se le pueda infringir a la superficie y a la masa, como haciendo escultura, hasta la más compleja aquí que viene siendo el *fractal*: la geometría probabilística al multiplicarse uno, o un determinado número de sencillos fragmentos modulares. Una deformación particular en este grupo, viene siendo el efecto *kiki-bouba*, cuyo efecto universal es bien conocido en formas sonoro-auditivas, pero que también afecta a las formas visuales por ser angulosas y rectas, o curveadas y suaves. Su correlación convierte unas en otras, a base de sus vértices, sus tangentes y las curvas Bézier.

Las deformaciones *segundas* que propone el *Arquifante* consisten en aquella complicación a la geometría donde se somete la forma, ya deformada en una primera instancia o no, al efecto de un fenómeno físico de transformación por *temperatura*, por *impacto*, por *velocidad*, por *fricción*, u otro fenómeno natural donde la materia se deforma según un patrón de comportamiento *físico natural*. Es decir, por temperatura, con calor, se pueden *derretir, licuar, fluir, evaporar, hervir*, o bien, por disminución de temperatura podrían *solidificarse, cristalizarse, agrietarse, fracturarse, estrellarse*, etc. Por *impacto* pueden *expandirse, aplastarse, craterizarse, explotarse y fragmentarse* (también). Y por velocidad pueden *alargarse, estrecharse, centrifugarse y dispersarse*. Por *fricción* suele causar los efectos que la erosión causa en los materiales por el constante roce entre materiales con el viento, o cualquier otro fluido. Cabe notar que, cada una de éstas implica a otras, ya que, por ejemplo, un efecto de derretimiento implica muchas veces el sentido de la gravedad.

El taller del *Arquifante* parecía también el laboratorio de experimentación de un alquimista, pero en lugar de la *piedra filosofal*, buscaba encontrar la forma adecuada, ya que citando textualmente, el *Arquifante* admitía siempre una paradoja:

«*No se trata de inventar una forma, pero quizá descubrirla en el viaje a la elocuencia entre el accidente y el fin; ésa es la paradoja.*»

Las deformaciones *terciarias* y de mayor complejidad exploradas por el *Arquifante* parece que persiguen el modelo (el universo) en sus estructuras más elaboradas e impresionantes. Incluyendo las formas con vida, aunque sean primitivas. Partiendo de las geometrías simples en su primera capa de formación, existe en las formas de vida una complejidad tal que pasan casi siempre por varias capas, o sea, que son las que se encuentran afectadas por varios niveles de formaciones y deformaciones. Por esta razón, es que el *Arquifante* identifica un grupo apartado con nombres figurativos de seres vivientes o sus partes, por la metáfora que implican. El *Arquifante* distingue e inventa términos para los efectos anatómicos según efectos ÓSEOS: *Femur-forme, Iliaco-forme, Vertebro-forme, Espina-forme, Coxi-forme, Cráneo-forme*, por mencionar los ejemplos en la anatomía humana, pero lo amplía hacia toda especie, como el *Cuerno-forme*. Otro grupo es según la fisonomía de ESPECIES como: *Protozoo-forme, artropo-forme, pseudopo-forme, crustáceo-forme, arácneo-forme,* entre la extensa gama de especies posibles.

Del otro gran grupo de deformaciones deriva la descripción de fenómenos naturales más complejos como la formación de nubes o relámpagos. Algunos que contempló a lo largo de su vida fueron; la *teselación poliédrica* (mosaico de *Penrose* o *cuasi-cristales*), *cristales líquidos* (anisotropía), efectos *Escher*, formas *estocásticas* (nubes, burbujas en la ebullición), *sistemas dinámicos, patrones biológicos, superficies minimales* como en la mínima tensión de las burbujas, proporcionalidad y progresiones *Fibonacci*, espacios *no euclidios* e *hipercubo*, entre otros y muchos que admite no conocer, como todo aquello propio de lo mayor a las cuatro dimensiones a las que estamos limitados perceptualmente. Sin embargo, gracias al avance matemático[7] y digital, todo este campo de *deformaciones* es posible de estudiar y llevarlo al campo del diseño arquitectónico.

«Es un vicio al que no evito, y hasta le invito. Una vez introducido encontrará la fascinación y también la enajenación Tan fascinante como también enajenante por rehuir deformación alguna en la búsqueda de pureza.»

Esta sentencia del *Arquifante* es intermedia y va dirigida a reforzar la idea de que los efectos en la emoción no dependen de la evolución en la escalada a la complejidad y que su opuesto, la búsqueda de la pureza formal, es igualmente fascinante y proclive a producir la más honda emoción. Sin embargo, el *Arquifante* enfatiza positivamente la riqueza que esta escalada produce en las mentes creativas, al dotarlas de un conocimiento afinado de la naturaleza formal del universo.

Se termina este libro con lo que parecería una contradicción, pues el último capítulo está dedicado a la última de las deformaciones que supondría ser correspondiente a un orden sumamente rebuscado. Sin embargo, el *Arquifante* insiste en esta ubicación pues no por más simple es menos complejo alcanzar la máxima abstracción de la pureza artificial. Esta supuesta post-formación es, en sí, una deformación, ya que es por completo ajena al mundo real. No existe en el universo y se supondría como un artificio totalmente producto de la imaginación del hombre. El *Arquifante* le llama la neutralidad, o mínimo artificio, y se corresponde con el minimalismo y con el súper-modernismo. Su ubicación al final de la escalada a la complejidad es debida a una intencionalidad de subrayar lo complejo de lo sencillo. Y sus palabras son estas:

«La complejidad de lo sencillo; una deformación mutiladora pero de exponenciales emociones... En realidad, lo abstracto es retorno a casa, no lo contrario.»

Tesis del libro XIV

El fin es fuente

La ilusión de orden que el *Arquifante* describe como *el espejismo del espejismo* en el Libro XI, provoca que el *fin, objetivo y sentido* de la arquitectura se nos escape a cada paso que damos, al igual que la posibilidad de encontrar alguna autoridad. El orden ideal se cae dejando huella del intento y su argumento en forma de metáfora momentánea, y el *Arquifante* hace especial hincapié en apreciar el inmenso valor que cada una de estas propuestas representa. En lo general, el *Arquifante* se muestra como un hombre exhaustivamente sensible a la menor implicación plástica, pero el sentido lineal del tiempo crea la ilusión de que los adelantos técnicos implican adelantos plásticos y, a su vez, juntos implican adelantos filosóficos y morales. No siempre es así, ni tiene por qué serlo. Cada propuesta tiene valor pero no necesariamente significa una aportación, o peldaño como pudiera figurarse en una escalera ascendente hacia el *fin: objetivo y sentido*.

«En un Universo sin sentido, uno crea el sentido... En cada obra, inventamos un fin.»

De lo anterior entendemos que cada manera distinta, peculiar y metafórica de interpretar el universo es, en sí, un FIN particular y momentáneo. Así como en el libro décimo tercero «Escalada a la Complejidad», el *Arquifante* distingue una dimensión *formal y tangible* para describir e imitar el universo, en este libro devela otra dimensión en la que se inventan los fines particulares, *sentidos momentáneos* o *metáforas idílicas*. Sólo que en lugar de hacerse en el terreno de las formas tangibles, se hace en el terreno intangible de las *ideas*. Y, así mismo, como hay maneras en las que la descripción formal avanza en complejidad, en este libro se profundiza en las maneras en las que estos *fines particulares*, avanzan también en complejidad. Aquí es donde los artistas y arquitectos encuentran, metafóricamente, forma para la libertad, para la melancolía, para la alegría, para la paz y muchos intangibles. Es cuando se alcanza el contacto efectivo entre tangible e intangible perseguido, produciendo la *emoción* específica. Algunos le llaman *concepto*, el *Arquifante* sólo le llama *idea* o *idea de fondo*.

El método que utiliza el *Arquifante* para sus definiciones es muy lógico debido a que se trata de conceptos o términos que encierran una idea, recurre al diccionario. No a cualquiera, sino a uno de filosofía, donde, a su parecer, se hace la labor más clara, objetiva, lógica y profunda de definición. Pero antes propone su categorización dentro de una escala gradual, en donde empieza

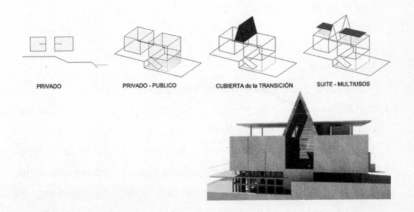

PRIVADO   PRIVADO - PUBLICO   CUBIERTA de la TRANSICIÓN   SUITE - MULTIUSOS

por los que refieren a lo tangible por el lado de lo más simple, y avanza hacia los que refieren a lo intangible, donde es más complejo. Encuentra dos grados de intangibles: una primera categoría de conceptos intangibles simples y otra compleja que corresponde a cuando un intangible refiere a otro más, y así sucesivamente.

El ejemplo del *Arquifante* es donde la imagen formal de un brazo de palanca con el fulcro al centro (*balanza*), es lo visual y tangible del *balance o equilibrio* como idea o intangible simple; y la *justicia* como el intangible complejo.

Llegado a este punto, descansa en el fondo una de las elucubraciones más interesantes del *Arquifante*; cuando el *fin, objetivo y sentido*, se escapa de nuestra posible aprehensión, dice que la búsqueda exterior se revierte y acaba siendo una búsqueda interior. Es entonces que se resume a lo que el diseñador cree que es la búsqueda de sí mismo, y que en realidad es la búsqueda de:

«*Cuál es y hasta dónde puede llegar su propia capacidad creativa.*»

He aquí, donde el *Arquifante* propone uno de sus axiomas más importantes, ya que se equipara a los que otros han pronunciado en forma de breve silogismo o estrofa. *El menos es más* del germano Mies, al que se le contrastaron posteriormente (los más conocidos), el «*menos es aburrido*» del estadounidense Venturi, y el «*Sí es más*» del danés Bjarkel. El *Arquifante* propone entonces: «el *sentido es más*». En inglés tienen además, la propiedad de rima:

Less is more.

Less is bore.

Yes is more.

Sense is more.

Sin embargo, el *Arquifante* agrega una línea más, que sintetiza su sentir:

« *Sense is more. Sense is all.* »

Todo queda, finalmente, en un reflejo de la parte de la realidad que toca en un determinado momento. Lo creado es reflejo, luego, reflejo es creación. Los fines se convierten en meras *excusas* para crear metáforas con tendencia a llegar a los ideales contemporáneos. El diálogo se extiende entre artistas plásticos y se comparte con los pensadores y los técnicos para crearse una fuente de ideas y formas. Las excusas son fines, los fines son sentidos y se transforman en fuente.

Tesis del libro XV

Incertidumbre sustentable

A partir del tercero, los anteriores principios no hacen sino vislumbrar un campo abierto en donde se da permiso a la incertidumbre general en la que nos movemos hacedores y perceptores del arte y la arquitectura como reflejo de una realidad. Hemos tomado conciencia de nuestro —*Dasein*— estar ahí. Porque, de hecho, en todo sentido nos encontramos en la aventura desconocida. Debemos asumir la incertidumbre y la inquietud, debemos asumir el hecho de *estar aquí sin saber por qué exactamente*, y sobreponernos. Parafraseando al *Arquifante,* que a su vez parafrasea a su filósofo favorito (Morín):

«*Nada tiene fundamento absoluto, todo procede en última o primera instancia de lo sin nombre, de lo sin forma. Todo nace circunstancialmente y todo lo que nace está comprometido con la desaparición, pero cada diseño y obra son las emergencias efímeras, como la vida, la conciencia, el amor, la verdad, la belleza, el arte y la arquitectura, que surgen, maravillosas, de organizaciones (las construcciones) de otras organizaciones (los humanos), oportunidades inauditas, que son lo que finalmente nos importa.*»

Una vez más, así como Vitrubio sintetizó su teoría en tres máximas: *Firmitas, Utilitas et Venustas,* el *Arquifante* propone en este último libro, los tres conceptos que desde su perspectiva de *gran angular,* ayudan a alcanzar la sustentabilidad dentro de la incertidumbre. Estos son en latín:

«*Delectabile, ut accommodata et pop.*»

Lo placentero, lo adaptado y lo emergente, en castellano. Lo placentero se explica, principalmente, en el libro sexto «Dimensión Omnisciente» con el principio hedonista, y también en el décimo primero «El Modelo». Lo segundo, la adaptación, se explica en el libro noveno «Autoridad Ausente». Y al tercero, la emergencia, le abre un gran capítulo en este décimo quinto y último libro.

La emergencia son dos cosas: la primera es ese tópico que "*emerge*" con cierta urgencia (cual palomita de maíz haciendo pop), que corresponde a las demandas más acuciosas de una época y lugar dado, apuntando y forjando el gusto imperante. Como lo sería a finales del S. XX, y principios del XXI el tema ambiental, y también el equilibrio entre libertad y seguridad en todo sentido.[8]

Y la segunda forma de "*emergencia*" es ese efímero *surgimiento.* Surgimiento de *sentido temporal* a modo de *razón de vida; motivo de conciencia; sentimiento de amor; amor a la verdad; afecto a la belleza;* y tantas que nos podemos inventar, y que el *Arquifante* encontraba en cada resquicio de su disciplina.

NOTAS

[1] El *Arquifante* a menudo recurre a la metáfora de NIDO y CUEVA de Sou Fujimoto para explicar su visión "generalista". Menciona que las metáforas y figuras que los artistas y arquitectos hacen son siempre válidas, creativas y fructíferas, pero para las explicaciones, él prefiere siempre una visión de gran perspectiva. Por ejemplo, al hacer notar que en la excelente metáfora de Fujimoto, el nido no deja de ser un acondicionamiento dentro de una estructura mayor a la que el pájaro se adapta para vivir. Es decir, que, igualmente, el hombre acaba acondicionando un nido en la cueva para vivir. Anida dentro de la cueva. Para efectos de lo que Fujimoto enfoca, la diferencia está en lo controlable del nido y lo incontrolable de la cueva, que viene siendo la base para el experimento del Laberinto del *ARQUIFANTE*, elaborado a base de vacas comiéndose la paja dentro de un amontonamiento de barro y piedra. Lo que el *Arquifante* refiere, en cambio, es denotar que hay una perspectiva más general que abarca tanto a la cueva como al nido, dentro de lo mismo.

[2] Morín Edgar, *EL PARADIGMA PERDIDO.*

[3] Arendt Hannah, *LA CONDICION HUMANA.*

[4] Fujimoto, *PRIMITIVE FUTURE*, INAX—Shuppan, 2008.

[5] Wong Wucius, *FUNDAMENTOS DEL DISEÑO BI y TRI DIMENSIONAL.*

[6] Ching Francis, *ARQUITECTURA FORMA ESPACIO Y ORDEN.*

[7] *FOTOGRAFIANDO LAS MATEMÁTICAS*, Carroggio.

[8] *El futuro depende del equilibrio aceptable entre Libertad y Seguridad; concebida a escala planetaria.* Z. Bauman, Miedo Líquido.

Apunte final del autor

"Cuando despertó, el dinosaurio todavía estaba allí."
Augusto Monterroso

La cita que antecede, es el micro cuento de Monterroso conocido quizás hasta el cliché, pero quisiera utilizarlo como mi apunte sintetizado de la historia que he intitulado como el Arquifante. En un puñado de palabras expresa, quizás, que no se estaba despierto, y que quizás se estaba en un sueño. Probablemente uno intranquilo, o quizás que se estaba en un sueño agradable que se tornó en pesadilla con ese dinosaurio, mismo que tampoco podemos restringir a un ser, ya que puede ser también una situación, o incluso la *monstruosa realidad* que no desaparece aún después del más fantasioso y placentero de los sueños. El Arquifante es todo eso: es un sueño, donde la fantasía tiene permiso y es también un regreso a la realidad. Aún más, es un intento de prolongar una en la otra, sin delimitar la estancia del dinosaurio de uno, o del otro lado de la línea que divide el sueño de la realidad. En la imaginería de un arquitecto, hay castillos y fortalezas, especialmente en sus sueños, porque en su realidad hay un mundo en franca lucha por no desmoronarse cual castillo de naipes. Una realidad con tintes de intensa ficción más parecidas a los sueños.

No faltan espacios mágicos en una región como la nuestra, y quizás no hay mejores para la ficción que en donde algunos han llegado a decir que existe un Estado fallido, o por lo menos, zonas de excepción soberana. Lo terrible, pero especialmente lo increíble, es que conviven ahí permitiéndose así un suceso factible dentro de un marco imaginario. O viceversa, un suceso imaginario dentro de un marco posible, y creíble.

En ese marco de incertidumbre, se narra una historia que pretende ser un *ab ovo* (desde el huevo) para lo que después puede ser una exhaustiva obra teórica sobre arquitectura, pero que aquí se cuenta solo la peculiar historia sobre los artífices, que tras siglos de gestación, finalmente le dan término.

Con la evidente intención hay motivaciones de un realismo mágico, y otras influencias del campo de la arquitectura, como la de Paul Valery en Eupalinos. En una ambiciosa analogía se trataría aquí de un equivalente al *Howard Roark de Ayn Rand*, pero en versión latinoamericana. Se recrea un poblado cuyas arquitecturas construyen las experiencias del personaje, pretendiendo quizás, *sólo pretendiendo* hacerlo como las calles de Comala lo hacen con *Pedro Páramo*; o las de *San Petersburgo* lo hacen con el *Roskalnikov* de *Dostoievski*; o las de *Dublín* lo hacen con el *Leopold Bloom* de Joyce; y como las de *Alejandría* con el *Darryl de Durrell*. Lo cierto es que, para aquel que gusta de recrearse en las descripciones del entorno construido, seguro encontró aquí material para viajar con la imaginación.

El Arquifante puede ser un compendio de influencias y motivos que suelen confluir en la mente de un creador de arquitectura, y que decide ponerlos por escrito a través de personajes ficticios de una historia, y en un libro de dos partes. La primera la historia o cuento, y la segunda un breve apéndice con las tesis; postulados o principios. Esta segunda, y muy breve sección, puede que solo resulte de interés para los entendidos en la materia, ya que es sin duda, la parte más técnica, sin serlo realmente.

Algunas confesiones: Lejos de ser la re-invención del hilo negro o de la originalidad más pura, la historia está plagada de referencias que para muchos resultarán muy obvias, empezando por nombres, que tergiversándolos un poco, son muy familiares como Macondo, que en lugar de referir a un lugar, lo hará de una persona. O Fedro, personaje de Eupalinos, quien más bien será Fedra. Y de manera muy especial, una situación con una interpretación de la justicia parecida a Fuente Ovejuna en el clásico de Lope de Vega.

Tuve la intención de que la historia pueda entenderse como ficción, pero también como una maña psicológica de la mente. Esto no lo defino, lo dejo a criterio y gusto del lector, porque creo que no hay arte sin ficción, ni tratado sin hipótesis. Aquí se puede escoger lo uno, lo otro, o ambos. Finalmente, el *Tratado* son quince supuestos libros de los que aquí se exponen solo —Las Quince Tesis del Discípulo del Arquifante— dejando abierta su futura realización.

Perdón por si haber tomado prestadas algunas ideas de otros parece incorrecto. A Joyce se le puede conceder hacer de un Leopoldo Bloom un Ulises de Homero, pero por supuesto que me siento muy lejos de ese privilegio. Sirva mi labor en parte docente que podría servir de alguna forma como excusa académica en aras de llevar los temas arquitectónicos a los jóvenes aprendices. *El Arquifante, elegante creatura creativa entre elefantes y laberintos,* retoma también las más legendarias y míticas historias de los esperados mesías que algún día llegarán a salvar al Mundo… de nosotros mismos, o quizás, solo a uno mismo, del mundo que lo amenaza con su realidad.

MarioAlfredo G.

ECOSISTEMA DIGITAL

NUESTRO PUNTO DE ENCUENTRO

www.edicionesurano.com

2 AMABOOK
Disfruta de tu rincón de lectura
y accede a todas nuestras **novedades**
en modo compra.
www.amabook.com

3 SUSCRIBOOKS
El límite lo pones tú,
lectura sin freno,
en modo suscripción.
www.suscribooks.com

DISFRUTA DE 1 MES
DE LECTURA GRATIS

AB

SB
suscribooks

quiero**leer**

1 REDES SOCIALES:
Amplio abanico
de redes para que
participes activamente.

4 QUIERO LEER
Una App que te
permitirá leer e
interactuar con
otros lectores.

 iOS